KB142174

해와 그녀의 꽃들

the sun and her flowers

해와 그녀의 꽃들

the sun and her flowers

루피 카우르 지음 | 신현림 옮김

해와 그녀의 꽃들

2018년 4월 26일 초판 1쇄 발행

지은이 루피 카우르
옮긴이 신현림
감수 강선미

펴낸이 김상현, 최세현
책임편집 김새미나, 이기웅, 정선영
마케팅 심규완, 김명래, 권금숙, 양봉호, 임지윤, 최의범, 조히라
경영지원 김현우, 강신우
해외기획 우정민

펴낸곳 박하
출판신고 2016년 9월 25일 제406-2006-000210호
주소 경기도 파주시 회동길 337 – 16 3층
전화 031-955-9912 (9913)
팩스 031-955-9914
이메일 bakha@bakha.kr

ISBN 978-89-6570-614-4 (03840)
박하는 (주)쌤앤파커스의 브랜드입니다.

· 이 책의 국립중앙도서관 출판시도서목록은
서지정보유통지원시스템 홈페이지(http://seoji.nl.go.kr)와
국가자료공동목록시스템(http://www.nl.go.kr/kolisnet)에서
이용하실 수 있습니다. (CIP 제어번호: CIP2018009203)
· 책값은 뒤표지에 있습니다.

저를 태어나게 해주신
카말짓 카우르와 서첫 싱에게

두 분 덕에 제가 존재합니다
저를 보실 때면
두 분의 희생이 그만한 가치가 있었구나 하고
생각하시길 바랍니다

멋진 형제자매들인
프랍딥 카우르, 키란딥 카우르, 사헤브 싱에게

이 책은 우리의 이야기예요
그대들은 사랑이 뭔지 보여줬어요

목차

시듦 ···· 011

떨어짐 ···· 059

뿌리내림 ···· 121

싹틈 ···· 157

꽃핌 ···· 199

벌들이 꿀을 향해 다가와요

꽃들이 꿀을 주려고

옷을 벗으며

킥킥 웃어요

해가 미소 지어요

— 두 번째 탄생

Wilting

시듦

사랑의 마지막 날
심장에 금이 갔다

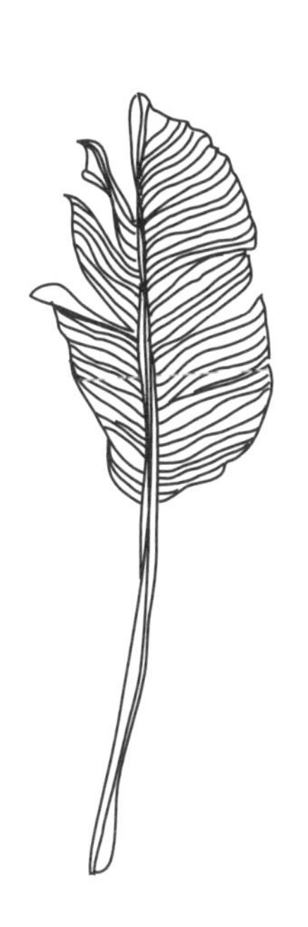

네가 돌아오게 해달라고

밤새 주문을 외웠다

네가 내게 준

마지막 꽃다발에 손을 뻗었지

이제는 꽃병 안에서 시들어가고 있는 걸

하나씩

하나씩

꽃머리를 따서

먹어버렸어

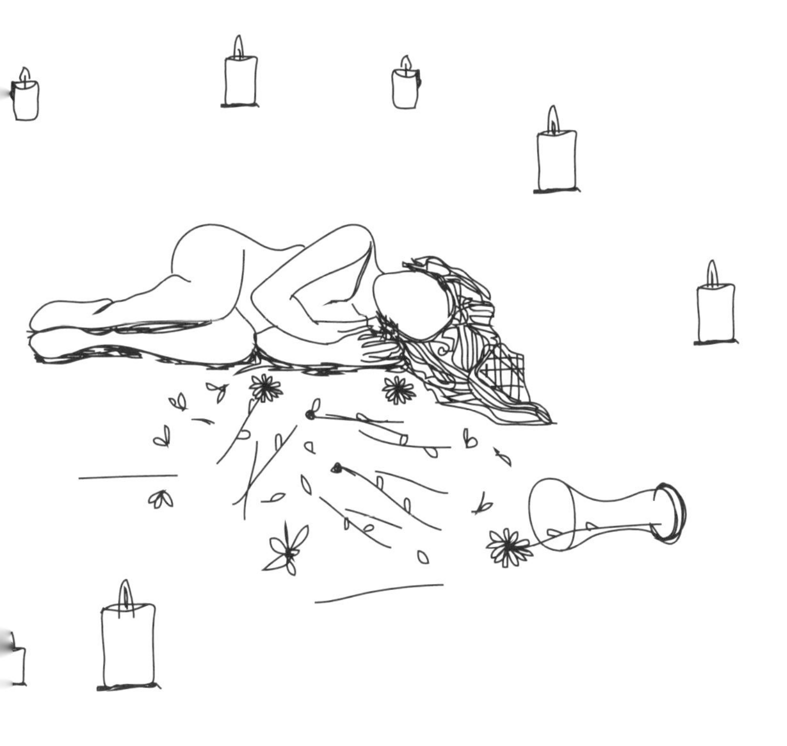

수건으로 모든 문 아래를 막고
공기에게 말했다 *떠나버려*
넌 더 이상 쓸모가 없어
집 안의 모든 커튼을 내렸다
빛에게 말했다 *가버려*
아무도 들어오지 않을 거야
그리고 아무도 나가지 않을 거야

— **공동묘지**

넌 떠났고
난 여전히 널 원하지만
나도 내 곁에 머무르고 싶어 하는
누군가를 만날 자격이 있어

상실감에 며칠을 앓아누웠다
눈물로 너를 되찾으려 해봤지만
눈물이 마를 때까지 울어도
너는 여전히 돌아오지 않는다
피가 날 때까지 배를 꼬집는다
며칠이 지났는지도 잊어버렸다
해가 달이 되고
달은 해가 되고
나는 유령이 된다
수십 가지 생각들이
매초마다 나를 휘몰아친다
너는 지금 멀어져 가고 있는 중이겠지
아니라면 좋겠지만
난 괜찮아
아니야
난 화가 나
그래
난 네가 미워
아마도
난 나아갈 수가 없어
난 나아갈 거야
널 용서할게
머리를 쥐어뜯고 싶어
몇 번이고 몇 번이고 몇 번이고
내 마음이 지쳐 침묵할 때까지

어제
비가 너의 몸을 타고 흘러내리며
내 손길을 흉내 내려 했지
그걸 허락한 하늘을 갈가리 찢어버렸어

— **질투**

잠들기 위해선
숟가락이 겹쳐진 것처럼
내 뒤에서 몸을 구부리던
너의 몸을 상상해야만 해
너의 숨소리를 들을 수 있을 때까지
너의 이름을 불러야 해
네가 대답하고
우리가 이야기 나눌 때까지
그때야
내 마음이
잠에 빠져들 수 있어

— 네가 있는 척

날 힘들게 하는 건
우리가 버리고 떠나온 것들이 아니야
우리가 헤어지지 않았다면
이룰 수 있었던 미래야

우리가 썼던 안전모들이 우리가 두었던
그 자리에 있는 걸 지금도 볼 수 있어
무엇을 지켜야 할지 모르는 철탑들
우리가 돌아올까 내다보는 불도저들
박스 속 딱딱한 나무판자들은
못 박히길 애타게 기다리지만
우리 중 누구도 돌아가서
끝이 났다고 말해주지 않아
시간이 지나면
벽돌은 기다리다 지쳐 바스러지겠지
기중기는 슬픔에 목이 축 처지겠지
삽들은 녹이 슬 거야
너는 여기에서 꽃이 자랄 거라 생각하니
너와 내가 떠나
다른 누군가와
새로운 무언가를 지을 때도

— **우리가 미래를 건설하던 현장**

아침의 첫 순간은 내 삶의 이유야
아직 의식이 반밖에 돌아오지 않았고
바깥의 벌새들이 꽃들에게
추파를 던지는 소리가 들려와
꽃들이 킥킥 웃고
벌들이 질투하는 소리가 들리지
너를 깨우려고 몸을 돌리면
모든 게 다시 시작돼
헐떡거리고
울부짖고
깜짝 놀라게 돼
네가 떠났다는 사실에

— 너 없는 아침의 첫 순간들

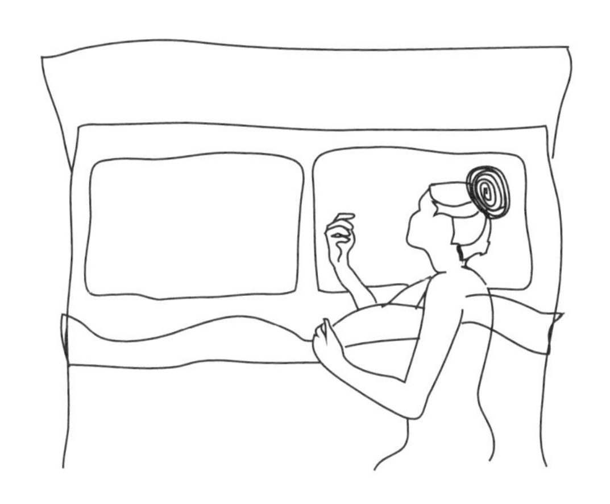

벌새들이 내게 말해줘
네 머리스타일이 바뀌었다고
난 관심 없다고 답하면서
새들의 세세한 묘사를
열심히 듣고 있지

— **허기**

나는 바람을 질투해

지금도 너를 보고 있으니

난 세상에 존재하는
어떤 것도 될 수 있었지만
그의 것이 되고 싶었어

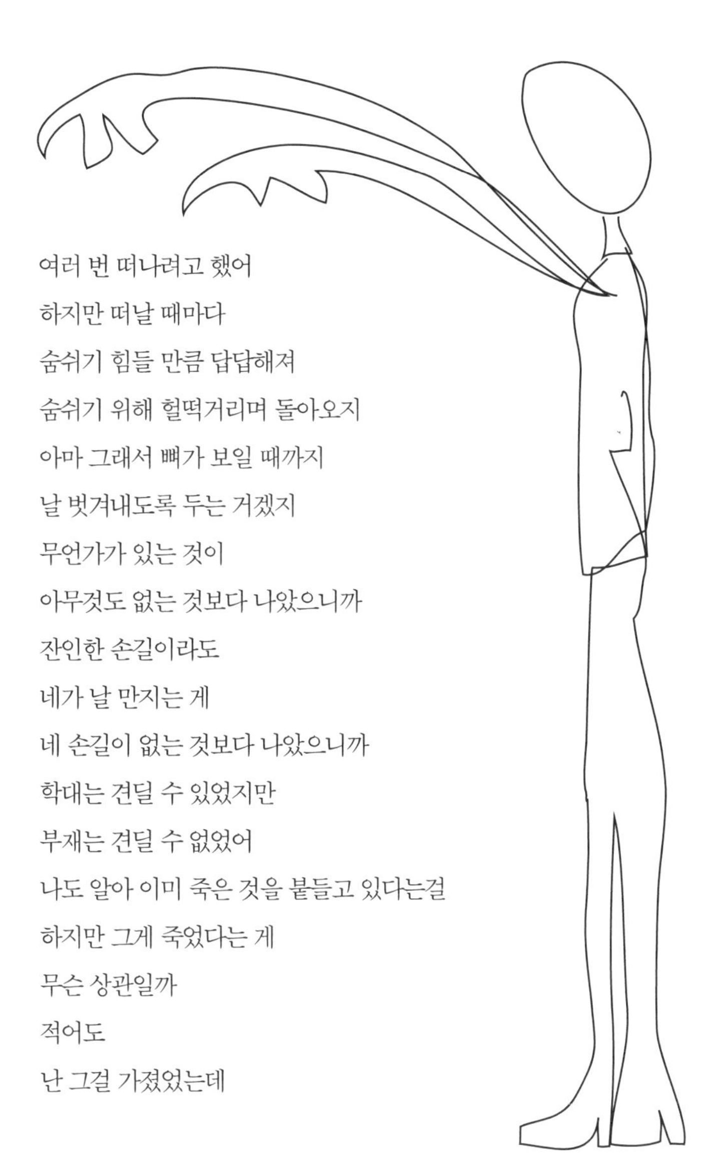

여러 번 떠나려고 했어
하지만 떠날 때마다
숨쉬기 힘들 만큼 답답해져
숨쉬기 위해 헐떡거리며 돌아오지
아마 그래서 뼈가 보일 때까지
날 벗겨내도록 두는 거겠지
무언가가 있는 것이
아무것도 없는 것보다 나았으니까
잔인한 손길이라도
네가 날 만지는 게
네 손길이 없는 것보다 나았으니까
학대는 견딜 수 있었지만
부재는 견딜 수 없었어
나도 알아 이미 죽은 것을 붙들고 있다는걸
하지만 그게 죽었다는 게
무슨 상관일까
적어도
난 그걸 가졌었는데

— **중독**

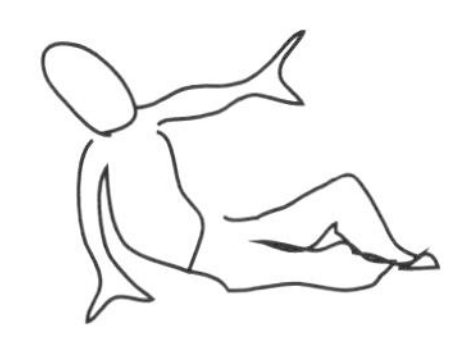

넌 신발을 길들이듯 여자들을 길들이지

널 사랑하는 건 마치 숨 쉬는 일 같았어
폐를 다 채우기도 전에
사라져버리는 그런 숨

— **너무 빨리 가버릴 때**

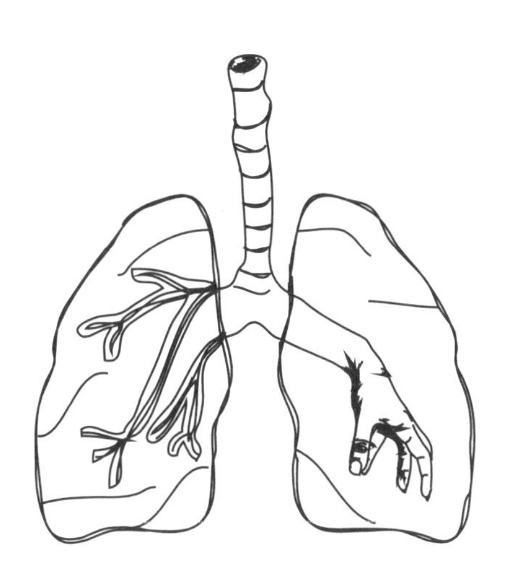

사랑의 모습

사랑은 어떤 모습인가요 헤어지고 일주일 되던 날
심리치료사가 묻는다
어떻게 대답해야 할지 모르겠다
사랑이 너와 똑 닮아 있다고 생각했다는
한 가지 사실 외에는

그 순간 정신이 번쩍 들고
내가 얼마나 순진했는지 깨달았다
그렇게 아름다운 단어를 단 한 사람의 이미지에 투영하다니
마치 지구상의 어떤 누군가가
모든 사랑을 아우를 수 있다는 듯이
마치 70억 사람들을 떨게 하는 이 감정이
키 180센티의 적당한 체격에 피부는 갈색이고
아침으로 냉동피자 먹기를 좋아하는
단 한 남자의 모습을 할 리가

사랑은 어떤 모습인가요 심리치료사가 다시 묻는다
이번엔 한창 생각하고 있던 참이다
그때 자리에서 일어나
문밖으로 걸어 나가려고 했다
그런데 이 시간을 위해 돈을 너무 많이 썼다
그래서 대신 그녀를 뚫어져라 쳐다본다
누군가에게 쏘아붙이려고 할 때

노려보는 눈으로
입술은 단단히 오므린 채 말할 준비를 하고
눈은 그들이 어딘가에 숨겨놓은
온갖 허점을 찾으며
상대의 눈을 깊이 파고든다
머리카락을 귀 뒤로 밀어 넣는다
사랑의 모습이 어떤지에 대한
철학 아니 차라리 실망에 가까운 대화를 위해
마치 몸이 대비해야 하는 것처럼

글쎄요 그녀에게 말한다
더 이상 사랑이 그 남자라고 생각하지 않아요
만약 사랑이 그였다면
그는 여기에 와 있을 것이다 그렇지 않은가
만약 그가 나를 위한 단 한 사람이었다면
내 앞에 앉아 있어야 할 사람은 그가 아닌가
만약 사랑이 그였다면 간단했을 것이다
더 이상 사랑이 그라고 생각하지 않아요 나는 되뇌인다
사랑은 결단코 그 사람인 적이 없었다
난 그저 무언가를 원했을 뿐이었다
나 자신보다 더 크게 느껴졌던 무언가에게
나를 내어줄 준비가 되어 있었다
그리고 그 생각에 대충 들어맞는
누군가를 만났을 때
그를 내 짝으로 만들기로

마음을 먹었던 것 같다

그리고 나 자신을 그에게 빼앗겼다
그는 계속해서 나를 앗아가고
특별함 이란 말 속에 나를 가두었다
그의 눈은 나를 보기 위해서만 존재하고
그의 손은 나를 느끼기 위해서만 존재하며
그의 몸은 나와 함께 있기 위해서만 존재한다는 것을
내가 확신하게 될 때까지
그가 나를 얼마만큼 비워버렸는지

그것이 당신에게 어떤 기분이 들게 했나요
심리치료사가 끼어든다
글쎄요 나는 말했다
기분이 엿 같네요

어쩌면 우리 모두는 잘못 생각하고 있는 건지도 모른다
우리는 사랑을 바깥에서 찾아야 하는 것이라 생각한다
엘리베이터에서 나올 때
내게 와서 부딪히거나
카페에서 앉아 있을 때 스며오거나
제법 섹시하고 지적인 모습으로
서점의 통로 끝에서 나타난다고 말이다
하지만 사랑은 *여기*에서 시작하는 거라고 생각한다
나머지는 모두 그저 우리의 욕망이고

욕구와 필요와 환상의 투영일 뿐이며
그런 외적인 것들은 결실이 있을 수 없다
다른 사람을 사랑하기 전에 우리 안을 돌아보고
스스로를 사랑하는 법을 배우지 못한다면 말이다

사랑은 사람의 모습을 하지 않는다
사랑은 우리의 행동이다
사랑은 가능한 한 모든 것을 주는 것이다
그것이 조금 더 큰 케이크 한 조각일지라도
사랑은 이해하는 것이다
우리는 서로에게 상처 주는 힘을 가지고 있다
하지만 그러지 않으려고
온 힘을 다하는 것이다
사랑은 우리가 받아 마땅한 애정을 알아가는 것이다
그리고 누군가 나타나서 말하기를
당신이 주는 것처럼 자신도 사랑을 주겠다고 하지만
그의 행동이 당신을 충만하게 하기보다
당신을 망가뜨리기만 하는 것 같을 때는
사랑은 누구를 선택할지를 아는 것이다

당신은
회전문 드나들듯이
나를 들락날락거릴 수 없어
당신의 손쉬운 선택이 되기에는
너무나 많은 기적이
내 안에서 일어나고 있어

— 당신의 취미거리가 아니야

당신은 떠날 때

태양도 함께 가지고 가버렸어

당신이 떠난 지 한참 후에도
난 당신에게 헌신적이었어
다른 사람과 마주치지 않으려고
눈도 올려 뜨지 않았어
보는 것마저 배신행위처럼 느껴졌으니까
당신이 돌아와서
내 손이 다른 사람을 만졌느냐고 물으면
변명하고 싶지 않았으니까

— **충실함**

당신이 내게 칼을 찔러 넣었을 때

당신도 피 흘리기 시작했지

내 상처는 당신의 상처가 되었어

그런 줄 몰랐니

사랑은 양날의 칼이란걸

날 아프게 한 만큼 당신도 아플 거야

내 몸은 당신이 떠나리란 걸 알았나 봐

당신이

그리워

하지만 당신은

다른 누군가를 그리워하지

나를 좋아하는

사람을 거절했어

나도 다른 누군가를 원하니까

— **인간의 조건**

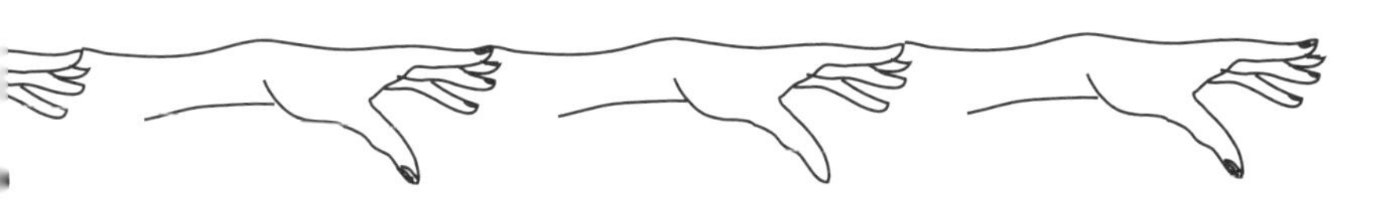

궁금해
내가 너에게 충분히 아름다운지
아니면 내가 아름답기는 한지
널 만나기 전이면
옷을 다섯 번씩 갈아입어
어떤 청바지를 입어야
더 벗기고 싶게 보일까 고민하면서
내게 말해줘
내가 어떻게 하면
네가 이렇게 생각할까
저 여자
너무 매력적이야
무릎에 힘이 빠져서 서 있기도 힘들 지경이야
이 모든 걸 편지로 써서
내 몸의 모든 자신 없는 부분에게 부친다
너의 목소리만으로도 나는 눈물이 나
나를 아름답다고 말하는 너의 목소리
나 하나로 충분하다고 말하는 너의 목소리

넌 어느 곳에나 있어

바로 여기만 빼고 말이야

그 사실이 날 아프게 해

사진을 보여줘

그 여자의 얼굴을 보고 싶어

같이 사는 나를 잊게 만든 그 여자 얼굴을

그게 언제였고

그때 너는 나에게 무슨 변명을 했니

너를 내게 보내준

우주에 감사하곤 했어

네가 원하는 모든 것을 가지게 해달라고

내가 신께 부탁하던 바로 그 순간

그녀에게 들어갔던 거니

내게선 찾을 수 없는 것을

그녀 안에서 찾아서

기어 나온 거니

무엇 때문에 그녀에게 끌렸니
말해줘 네가 좋아하는 것을
내가 연습할 수 있게

너의 부재는 팔이나 다리를 잃어버린 것과 같아

질문들

물어보고 싶지만 절대 물어보지 않을
질문 리스트가 있어
혼자 있을 때마다
머릿속으로 되뇌이는
질문 리스트가 있어
내 마음이 너를 찾아 헤매는 걸 막을 수가 없어
물어보고 싶은 질문들이 있어
어디서든 듣고 있다면
여기서 내가 묻고 있어

연인이 헤어질 때
남겨진 사랑에게
무슨 일이 일어난다고 생각하니
그 사랑이 소멸할 때까지
얼마나 우울해진다고 생각하니
끝이 나긴 하는 걸까
아님 우리가 돌아오길 기다리면서
어디선가 존재하고 있는 걸까

우리가 이 사랑은 무조건적이라고
스스로에게 거짓말하고는 떠나버렸을 때
우리 중 누가 더 상처받았을까
나는 백만 조각으로 부서졌고
그 조각들은 다시 백만 조각으로 산산이 부서졌지
내 모든 것이 사라지고 침묵만이 남을 때까지
부스러져 먼지가 되었어

말해줘 사랑이여
얼마나 슬픔을 느꼈는지
그 슬픔이 얼마나 아팠는지
눈을 뜨면 마주 보는 내가 없을 걸 알면서도
어떻게 눈을 깜박일 때마다 눈을 뜰 수 있었는지를

만약을 떠올리며 산다는 건 힘든 일이겠지
네 마음속 깊은 곳에
이 계속되는 무딘 아픔이 항상 존재할 거야
날 믿어
나도 그걸 느끼니까
도대체 어쩌다 우리가 이렇게 된 거니
어떻게 그걸 살아냈을까
어떻게 아직도 살아가고 있는 걸까

내 생각을 멈추는 데
몇 달이 걸렸니
아님 지금도 내 생각하니
네가 그렇다면
나도 그렇거든
너를 생각하고
나를 생각해
나와 함께
내 안에서
내 주위에서
모든 곳에서
너와 나를 그리고 우리를

지금도 내 생각하면서 너 자신을 만지니
지금도 내 벌거벗은 작디작은 몸이
너에게 맞닿았던 거 생각나니
지금도 내 척추의 곡선을
그리고 그걸 뽑아내고 싶다고 했던 걸 생각하니
완벽하게 동그란 엉덩이로
이어지는 모습이
널 미치게 한다면서 말이야

사랑하는

자기야

우리 자기야

서로를 떠난 이후로

몇 번이나 그게 내 손인 척

너 자신을 어루만졌니

몇 번이나 상상 속에서 날 찾아다녔니

그러다 절정 대신 울음을 터뜨렸니

거짓말하지 마

거짓말하면 다 알아

그럴 때면 항상

네 대답에 약간의 거만함이 들어 있거든

나한테 화난 거니

괜찮은 거니

괜찮은 게 아니면 얘기해줄래

그리고 만약 다시 만나게 되면

손을 뻗어 날 안아줄래

우리가 마지막으로 얘기했을 때

네가 그렇게 하겠다고 말했잖아

우리가 다시 만날 거라고도 말했잖아

아님 우린 서로 바라보기만 할까
서로를 가능한 한 많이 느끼길
갈망하는 마음에 떨면서 말이야
그때쯤이면 우린 각자 집에서 우리를 기다리는
다른 누군가가 있을 테니까
우리 함께일 때 좋았잖아 그렇지 않니
내가 이런 질문을 하면 잘못된 거니
말해줘
너도 이 질문의 답을
찾고 있었노라고

넌 내게 전화해서 내가 보고 싶다고 말하지
난 현관문으로 몸을 돌려
네가 문을 두드리길 기다려
며칠 뒤 넌 내게 전화해서 내가 필요하다고 말하지
하지만 아직도 너는 이곳에 없어
잔디밭의 민들레가
실망감에 눈을 굴리고 있어
풀들은 너에게 이제 관심 없다고 말했지
네가 날 사랑하거나
날 그리워하거나
날 필요로 한대도
아무것도 하지 않는다면
내가 알게 뭐야
내가 네 인생의 진실한 사랑이 아니라면
대신 너의 가장 큰 상실이 되어줄게

내 사랑아 우리는 여기에서 어디로 가야 할까
우리 사이는 끝이 났는데 난 우리 둘 사이에 서 있어
어느 쪽으로 달려가야 할까
내 몸의 모든 신경은 널 향해 고동치고
내 입은 네 생각에 침이 고이고
너는 거기 서 있는 것만으로 날 잡아당기는데
내가 어떻게 몸을 돌려 나 자신을 선택할 수 있을까

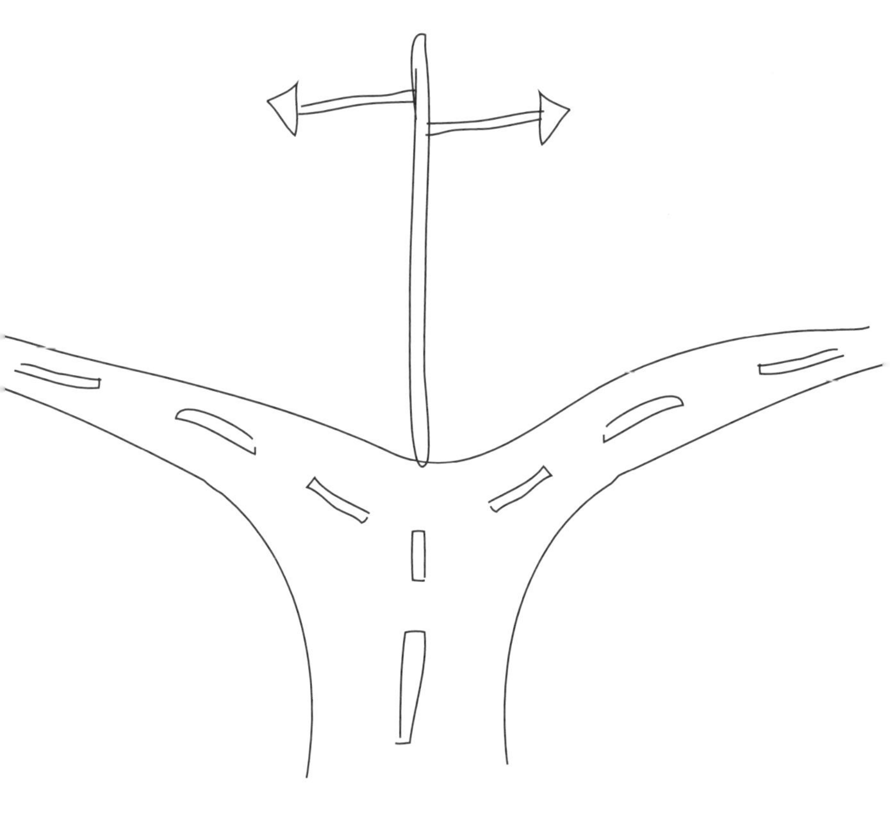

하루하루 깨닫고 있어
내가 너에 대해 그리워하는 모든 것은
처음부터 그 자리에 없었다는걸

— 내가 사랑에 빠졌던 사람은 신기루였어

그들은 떠나버리고
우리가 아무 사이 아니었던 것처럼 행동하지
그리고 돌아와선
떠난 적이 없던 것처럼 행동하지

— **유령들**

찾으려 노력했지만
마지막 대화의 끝에
정답은 없었어

- **마무리**

너는 묻지
우리가 친구로 남을 수 있느냐고
나는 설명하지
꽃과 입 맞추는
꿈을 꾼 꿀벌은
그 잎에 만족하지 않는다고

— 친구는 더 이상 필요 없어

왜일까
이야기는 끝이 났는데
이제부터 시작되는 느낌은

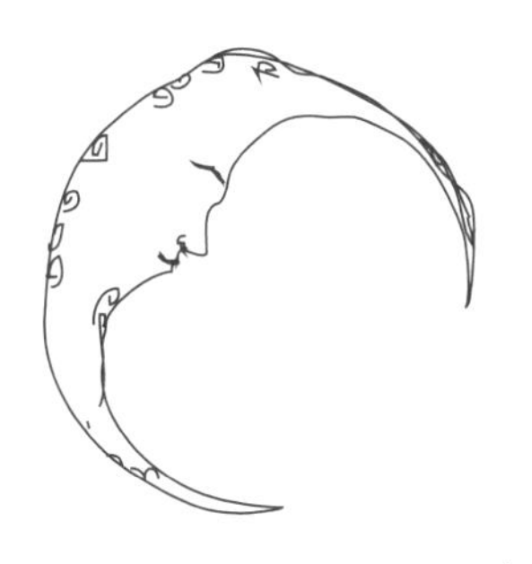

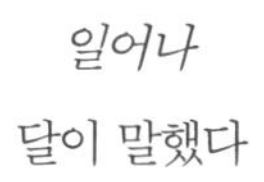

달이 말했다

그리고 새 하루가 시작되었다

쇼는 *계속되어야 해* 해가 말했다

삶은 누구를 위해서도 멈추지 않는다

삶은 다리를 잡고 당신을 끌어당긴다

당신이 앞으로 가고 싶어하든 아니든 상관없이

그것은 선물이다

삶은 당신이 그들을 얼마나 그리워하는지 잊게 만든다

피부는 그들이 만진 아주 작은 한 부분조차

남아 있지 않을 때까지 새로 돋을 것이다

당신의 눈은 마침내 그들을 담고 있는 눈이 아닌

온전한 당신의 눈이 된다

단지 시작에 불과했던 것을

당신은 끝까지 해낼 것이다

계속해라

삶의 나머지 과정을 향해 문을 열어라

— 시간

f a l l i n g

떨어짐

나에게 없는 모든 것을 알아채고

그것들이 아름답다고 생각한다

마지막 이별 후에 나는 단단해졌다. 그것은 내 안의 어떤 인간적인 면을 꺼내 갔다. 예전엔 매우 감정적이어서 무슨 일만 있으면 무너지곤 했다. 하지만 이제 눈물도 다 떠나고 없다. 물론 내 주변 사람들에게는 애정이 많다. 그걸 보이는 게 힘들 뿐이다. 벽이 하나 가로막고 있다. 아주 강해져서 어떤 것도 나를 뒤흔들 수 없게 되기를 꿈꿨었다. 지금. 나는. 정말 강하다. 아무것도 나를 뒤흔들 수 없을 만큼. 이제 나는 부드러워지기만을 꿈꾼다.

— **무감각**

어제

깨어났을 때

해가 땅으로 내려와 굴러갔어

꽃들은 스스로를 참수했지

여기 살아남은 것은 나뿐이야

그리고 나는 별로 살고 싶지 않아

— 우울함은 내 안에 살고 있는 그림자이다

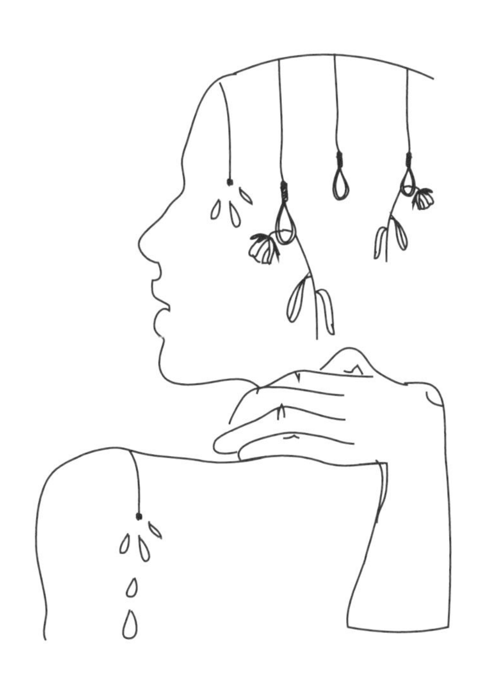

왜 나한테 그렇게 모질게 구니
내 몸이 외친다

넌 저들만큼 예쁘지 않으니까
나는 몸에게 말한다

당신은 돌아오지 않을
누군가를 기다린다
그것은
누군가
당신 없이 살 수 없다고
깨닫기를 바라며
당신 인생을 살고 있다는 뜻이다

— 깨달음은 그런 식으로 오지 않는다

우리는 자주
다른 사람에게 화를 낸다
우리가 우리 자신을 위해 해야 할 일을
하지 않은 것 때문에

— **책임**

왜

제 다리 사이에

문을

열어놓은 채로

두셨나요

귀찮아서 그러셨나요

잊어버리신 건가요

아님 일부러 저를 미완성으로 남겨두신 건가요

— 신과의 대화

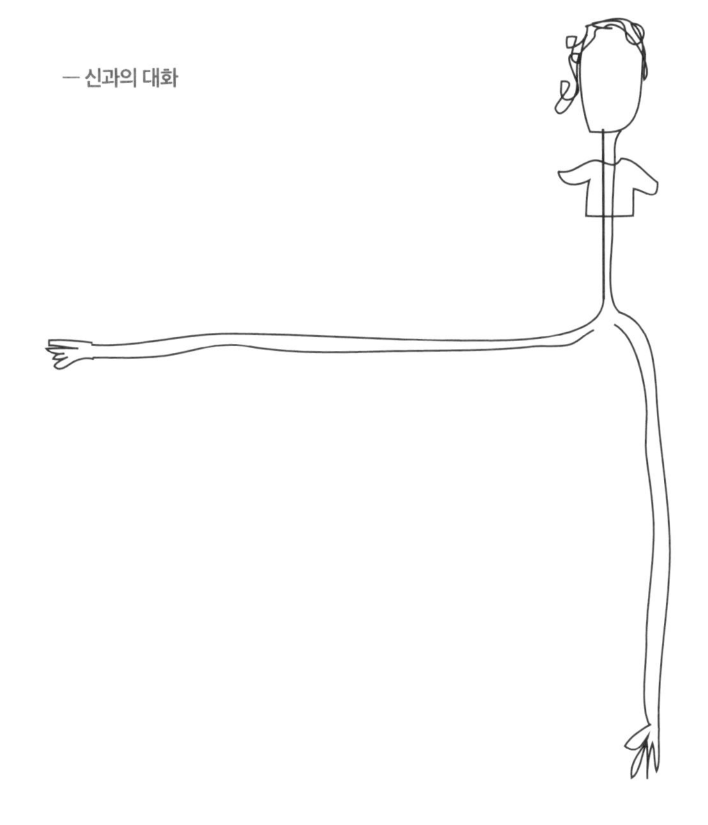

사람들은 이렇게 아플 거라고 말해주지 않았어
친구 사이의 마음 아픈 일에 대해선
아무도 경고해주지 않았지
*앨범들은 어디 있지*라고 생각했어
그걸 위한 노래는 없었어
친구가 떠날 때 찾아드는
슬픔을 위해 쓰인 이야기를 찾을 수도 없고
그런 책도 읽은 적이 없어
쓰나미처럼
밀려오는 아픔이 아니야
천천히 악화되는 암과 같아
여러 달 동안은 드러나지 않고
눈에 보이는 증상도 없는
여기가 아팠다가
저기 머리가 아팠다가
그래도 견딜 만한 병이야
암이든 쓰나미든
끝은 똑같아
친구든 연인이든
상실은 상실이고 상실이야

— 과소평가된 마음의 아픔

나에 대한 천 마디 따뜻한 말을 들어도
아무것도 달라지는 게 없다
그러다 한 마디 모욕을 들으면
모든 자신감이 박살난다

— 부정적인 것에 집중하기

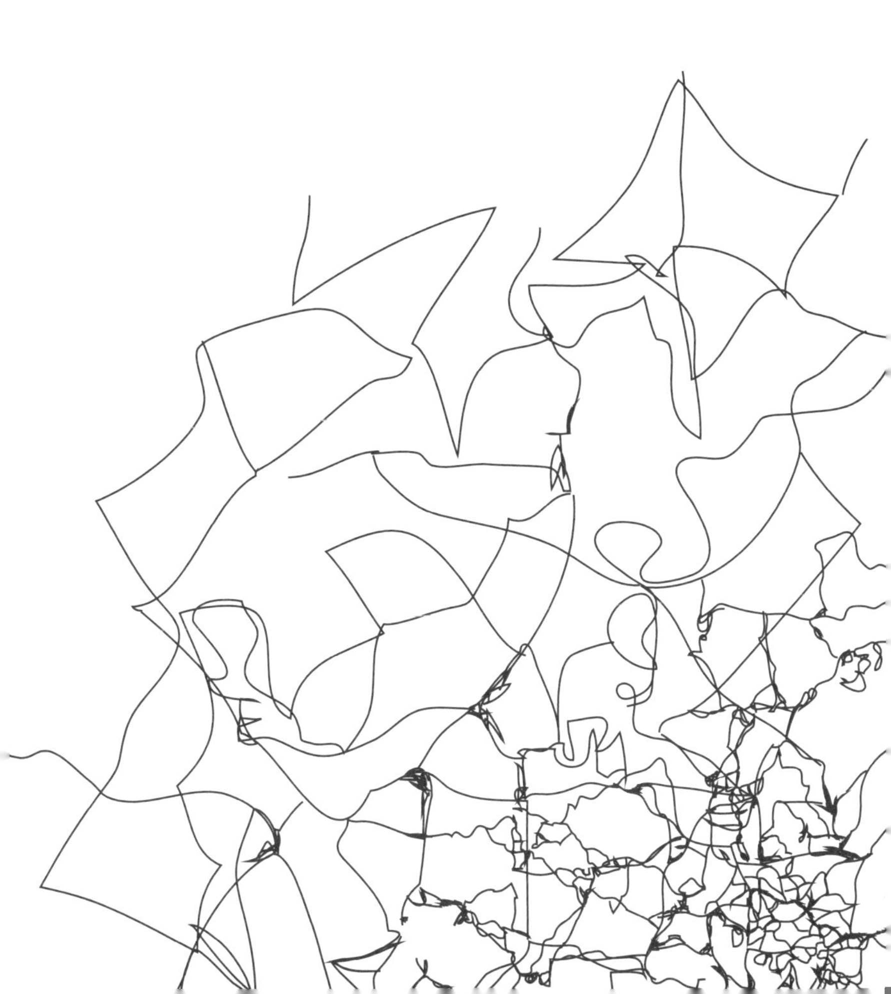

집

그날은 여느 평범한 목요일처럼 시작되었어
햇빛이 눈꺼풀에 키스하며 아침 인사를 했지
정확하게 기억해
나는 침대에서 나와
밖에서 아이들이 노는 소리를 들으며 커피를 내렸고
음악을 틀고
식기세척기를 돌렸지
식탁 한가운데 있는
꽃병에 꽃을 꽂아둔 걸 기억해
집을 깨끗하게 치우고 나서야
욕조에 들어갔어
머리를 감으며 어제를 씻어내고
우리집 벽이
책꽂이와 사진 액자들로 장식된 것처럼
나를 장식했어
목에는 목걸이를 걸고
귀걸이를 끼고
페인트칠 하듯이 립스틱을 바르고
머리는 뒤로 쓸어 넘겼지 — 당신의 여느 평범한 목요일처럼

그러고 우린 친구들을 만나러 갔어
헤어질 때 너는 집까지 태워줄까 물었지
*그래*라고 대답했어 아버지들이 같은 회사에서 일해서

너도 몇 번이나 우리집에 저녁 먹으러 왔었으니까
하지만 나는 알아채야 했어
네가 상냥한 대화와 유혹을
헷갈려하기 시작했을 때
내게 마음 편히 가지라고 말했을 때
빛과 삶의
밝은 교차로를 향해
날 집에 바래다주는 대신
넌 좌회전을 했어
아무것도 없는 곳으로
어디로 가는 거냐고 물었지
넌 두려우냐고 물었어
내 목소리는 목구멍 끝에서 몸을 던져
배 깊숙한 곳에 떨어졌고 몇 달 동안 숨어버렸어
내 몸의 다른 부분들은
불을 끄고
블라인드를 닫고
문을 잠갔어
내가 마음속 이층 벽장 뒤에
숨어 있는 동안
누군가가 창문을 깨트렸어 — 네가
현관문을 박차고 들어왔어 — 네가
모든 걸 침범했어
그리고 누군가가 날 범했어 — 그게 너였어

포크와 나이프를 들고 내게 뛰어들었지
몇 주 동안 먹지 못한 것처럼
눈은 굶주림에 이글거렸어
난 네가 껍질 벗기고
멜론 속을 깨끗이 긁어내듯 손가락으로 속을 파낸
50킬로그램의 신선한 고기였어
내가 엄마를 외쳐 불렀을 때
넌 내 손목을 땅에 못 박았어
내 가슴을 멍든 열매로 만들었지

이 집은 이제 비어버렸어
가스도 없고
전기도 없고
물도 나오지 않아
음식은 썩어 있어
머리부터 발끝까지 먼지로 덮여 있어
날파리, 거미줄, 벌레들
누가 배관공 좀 불러줘
배 속이 꽉 막혀 있어—그 후로 계속 토하고 있어
전기기사 좀 불러줘
내 눈에 불이 켜지지 않아
세탁소에 전화 좀 해줘 나를 빨아서 말려달라고

네가 쳐들어온 후
다시는 이 집이 내 것처럼 느껴지지 않아

사랑하는 사람을 들이려고 해도 구토가 치밀어
첫 데이트를 하고 나면 잠을 잃고
식욕도 잃고
피골이 상접하고
숨 쉬는 것도 잊어버려
매일 밤 내 침실은 정신병동이 돼
공황 발작이 남자들을
의사로 바꿔 날 진정시키게 하는 곳
날 만지는 모든 연인들이 — 너처럼 느껴져
그들의 손가락도 — 너야
그들의 입도 — 너야
내 위에 있는 사람이
그들이 아니라 — 너인 것처럼 느껴져

난 너무 지쳤어
네 방식대로 하는 것에
— 그건 헛된 일이잖아
어떻게 그걸 멈출 수 있었을지 알아내려고
몇 년을 보냈어
하지만 해는 폭풍이 오는 걸 막을 수 없고
나무는 도끼를 막을 수 없잖아
내 가슴에 너만 한 구멍이 있다고 해서
더 이상 나 자신을 비난할 수는 없어
너의 죄를 지고 가는 게 너무 무거워 — 내려놓을 거야
마치 그게 내 것인 양

너의 수치심으로 이곳을 장식하는 일에 지쳤어
네 손이 한 일을 짊어지고 다니는 건
너무 힘든 일이야
내 손이 한 일도 아닌데

진실이 갑자기 내게 다가와 — 몇 년간 비가 내린 후에
진실이 햇빛처럼 다가와
열린 창문으로 쏟아져 내려
여기까지 오는 데 오랜 시간이 걸렸지만
모든 것이 한 바퀴 돌아 제자리로 돌아왔어
내 다리 사이에서 의미를 찾는 사람은
제정신이 아닌 거야
그 일에서 살아남은 사람은
완전하고. 온전한. 완벽하게 만들어진 사람이야
영혼을 훔치는 건 괴물이고
이를 되찾는 건 전사야
이 집은 내가 세상에 나올 때 짊어지고 나왔어
첫 번째 집이었고
마지막 집이 될 거야
네가 빼앗을 수는 없어
널 위한 공간은 없어
널 환영하지 않아
남는 침실도 없어
모든 창문을 열어
환기를 시켜야지

식탁 한가운데 있는

꽃병에 꽃을 꽂을 거야

초에 불을 켜고

모든 잡념을 집어넣고 식기세척기를 돌릴 거야

얼룩 하나 없이 깨끗해질 때까지

조리대를 닦아내고

그러고 나선

욕조에 들어갈 거야

머리를 감으며 어제를 씻어내고

몸을 금으로 단장할 거야

음악을 틀고

등을 기대고 앉아서

발을 들어 올리고

즐길 거야

이 평범한 목요일 오후를

눈이 내릴 때면
풀이 그립다
풀이 자라면
밟고 지나간다
단풍이 들 때면
꽃을 갈구한다
꽃이 피어나면
꺾어버린다

— **고마움을 모르는**

내가 가장 따뜻한 곳이라고

말하고 다녀놓고

넌 정작 날 차갑게 만들었어

그날 밤 집에서
살을 녹일 듯한 뜨거운 물로 욕조를 채우고
목욕물에 정원에서 가져온 박하와
아몬드 오일 두 스푼
약간의 우유
그리고 꿀
약간의 소금과
옆집 뜰에서 가져온 장미 꽃잎을 넣었다
그 물에 나를 담갔다
더러움이 모두 씻겨 나가길 간절히 바라면서
처음 한 시간은
머리카락에서 솔잎들을 빼냈다
그것들을 하나 둘 셋 세어
줄 세워 눕혔다
다음 한 시간은
울었다
내 몸에서 울부짖는 소리가 나왔다
누가 알았을까 여자애도 짐승이 될 수 있단걸
세 번째 한 시간은
내 몸에서 그의 일부를 발견했다
땀은 내 것이 아니었다
내 다리 사이에 하얀 것도
내 것이 아니었다

이빨 자국도

내 것이 아니었다

냄새도

내 것이 아니었다

피는

내 것이었다

네 번째 한 시간은 기도했다

그날 이후 마치 네가 나를

전혀 다른 사람으로 만든 것 같아서

원래의 나로 돌아가기 위해 계속 노력하고 있다

내 몸을 미학적인 관점으로만 이해하려 했어
나를 살아 있게 해준
내 몸의 모든 심장박동과 호흡은 잊어버린 채
그들처럼 보이지 않는다는 이유로
내 몸을 완전한 실패라고 단정 지었어
기적이 일어나길 바라며 여기저기 찾아다녔지
너무나 어리석게도
내가 이미 그 기적 안에서 살고 있음을 깨닫지 못한 채

외로움의 아이러니는

우리 모두가 외로움을 느낀다는 것이다

동시에

— 함께야

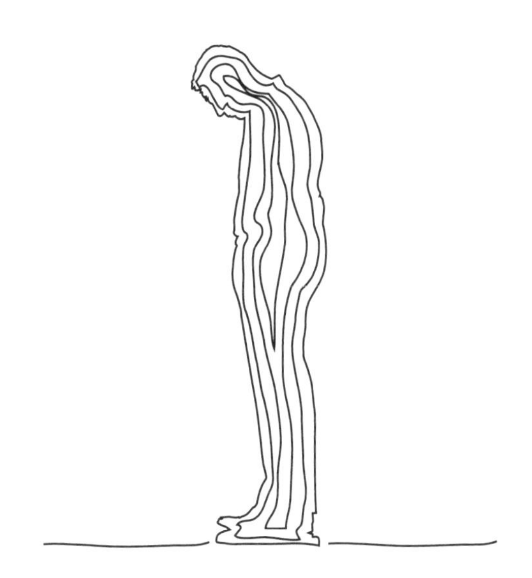

소녀 시절에 나는 털이 너무 많았다
벨벳에 덮힌 가느다란 팔다리
다른 어린 소녀들과 내가
매주 지하 미용실을 방문하는 건
동네 전통이었다
미용실을 운영하는 여자들은
우리 엄마 나이에
엄마 같은 피부였지만
소박한 우리 엄마와 너무 달라 보였다
갈색 피부인데
흰 피부에 어울리는 노랑머리를 하고
얼룩말 같은 줄무늬가 있었다
눈썹은 날렵하게 째져 있었다
난 송충이 같은 내 눈썹을 부끄럽게 바라보며
언젠간 내 눈썹도 그렇게 얇아지길 꿈꾸었다

학교 친구가 나타나지 않길 바라면서
임시로 만든 대기 장소에서 소심하게 앉아 있다
인도영화의 뮤직비디오가
구석 작은 텔레비전 화면에서 나오고 있다
누군가는 다리 제모나 머리 염색을 하는 중이다

아주머니 한 분이 날 들어오라고 부른다
방 안으로 들어가
잡담을 한다
내가 바지와 속옷을 벗는 동안
그녀는 잠깐 나가 있는다
바지와 속옷을 밀어놓고
스파 침대에 누워 기다린다

그녀가 돌아와서는
내 다리를 나비처럼 벌리고
발바닥을 붙였다
무릎은 반대 방향으로 향하게 한다
먼저 소독용 티슈로 닦고
그다음은 차가운 젤리를 바른다
학교가 어디야? 무슨 공부해? 그녀는 묻는다
그리고 레이저를 켜고
치골에 기계의 윗부분을 대면서
주변 모낭들에 작업을 시작한다
클리토리스가 불타는 것 같다
기계가 휙휙 지나갈 때마다
나는 움찔하고
고통에 몸을 떤다

내가 이 짓을 왜 하지
왜 내 몸에 벌주고 있지
타고난 모습 그대로라는 이유로 말이다
그러다 후회를 멈춘다
그 사람이 떠올랐고
깨끗하지 않으면
그에게 보여주기 얼마나 창피할지 생각했다

입술을 꽉 깨물고 묻는다
거의 끝나가느냐고

— 지하의 미용관리사

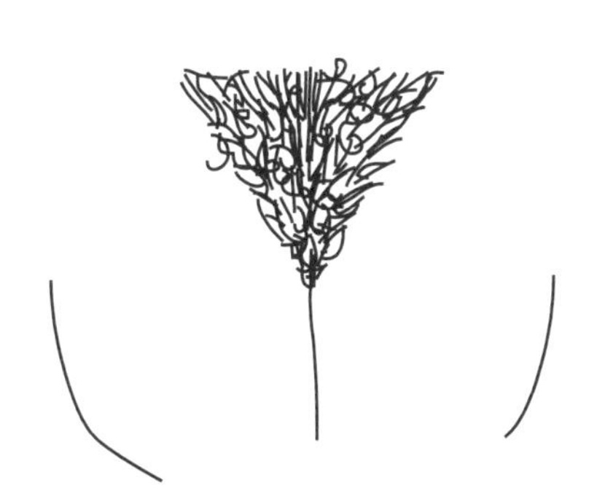

여기에 온 이후로
우리는 죽어가고 있어
경치를 즐기는 건 생각도 못 하지

—충만하게 살라

넌 내 것이었고

내 인생은 충만했지

넌 더 이상 내 것이 아니고

내 인생은

충만해

내 눈은
지나치는 모든 반사면을
거울로 여긴다
날 마주 보는 아름다운 뭔가를 찾고자 한다
내 귀는 칭찬과 찬사를 낚으려 한다
하지만 아무리 멀리 찾으러 가도
그 무엇도 마음에 차지 않는다
예쁜 묘약이나 새로운 시술을 찾아
병원에 가고 백화점에 가서
레이저 시술도 받아보고
얼굴 마사지도 받아보고
얼굴 제모를 하고 비싼 크림도 발라본다
꿈같은 1분간 그것들은 나를 채워주고
양 뺨 가득 반짝이게 하지만
아름다워졌다고 느끼자마자
갑자기 마법은 사라진다
어디에서 찾을 수 있을까
그 어떤 대가도 지불할 수 있어
밤낮없이 매 순간
시선을 사로잡는 아름다움을 위해서라면

— 끝이 없는 탐색

이곳은 날

지치게 만들어

수면과는 아무 상관없어

내 주위의 사람들이

원인이야

— **내성적인 성격**

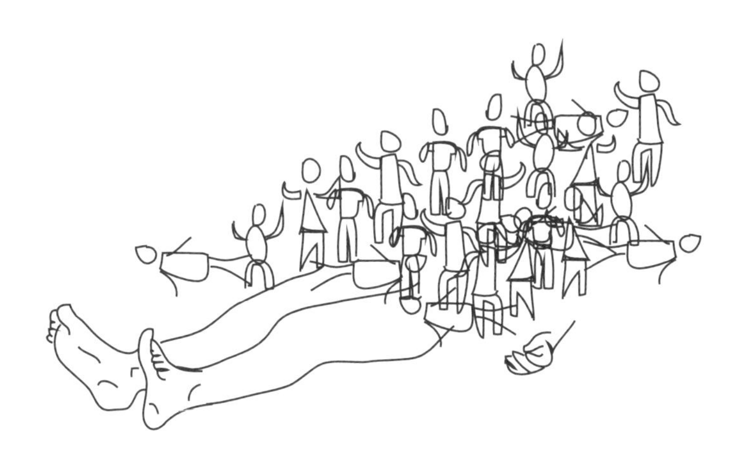

넌 스스로에겐 아무런 가치를 발견하지 못하나 봐
네가 나를 만지고 난 뒤엔
내 가치가 떨어져 보인다면 말이야
마치 내 몸에 얹은 너의 손이
너를 대단하게 만들고
나는 아무것도 아닌 걸로 만든다는 듯이

— 가치란 우리가 옮길 수 있는 것이 아니야

깨어나기만 한다고 나비가 되는 것은 아니야

— 성장은 과정이다

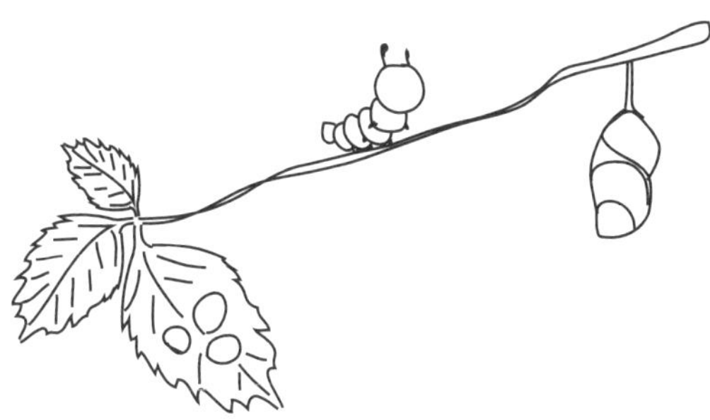

나는 지금 힘든 시간을 보내고 있어
나 자신을 다른 사람들과 비교하며
그들처럼 되려고 무리하고 있거든
아빠가 그랬듯 내 얼굴을 조롱하며
못생겼다고 놀리면서 말이야
일찍도 나온 이중 턱이 녹은 양초마냥 어깨로 이어지지 않게
굶겨 없애려 하고 있어
강간의 상처가 담긴 눈 밑 주름을 없앨 거야
코 수술 과정도 즐겨찾기 해두었어
손 댈 부분이 너무 많아
대체 어느 방향이 맞는 건지
이 몸을 벗어버리고 싶어
엄마 배 속으로 돌아가고 싶어

비 온 후에

무지개처럼

기쁨은

슬픔 후에 자신을 드러낼 거야

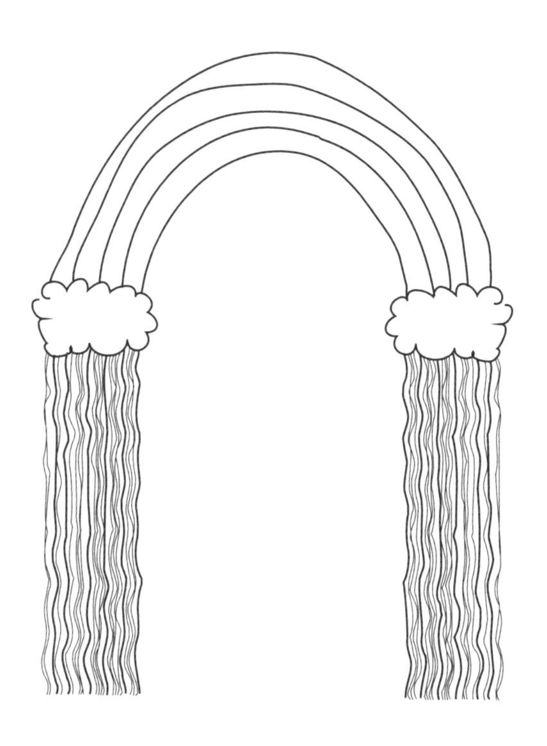

*안 돼요*는 우리 집에서 나쁜 말이었어
*안 돼요*라 말하면 매를 맞았지
내 사전에서 지워지고
얻어맞고 몸에서 쫓겨났어
우리가 모든 것에 *네*라고 순종적으로 고개를 끄덕이고
바르게 행동하는 아이가 될 때까지 말이야
그가 나를 덮쳤을 때
내 온몸이 거부했지만
살아남기 위해서도 *안 돼요*라고 말하지 못했어
소리를 지르려고 했을 때
내 몸에서 나온 것은 침묵뿐이었어
*안 돼요*라는 말이 입천장을
주먹으로 두드리는 소리가 들렸어
내보내달라고 애원하면서
하지만 출구를 알려준 적이 없어
비상계단을 만든 적도 없어
*안 돼요*가 빠져나갈 작은 쪽문도 없었어
부모님과 보호자에게 묻고 싶어
그러면 대체 순종이 무슨 쓸모가 있느냐고
내 안에는 내 것이 아닌
손들이 있는데

— 어릴 때 배우지 못했는데, 커서 어떻게 동의를 말하겠는가

여기 오래 머무르지 않는다는 걸
알면서도
그들은 여전히 가장 빛나는 삶을
살기로 선택했다

— **해바라기**

그녀를 보게 되거든 말해줘요
단 하루도 그녀를 생각하지 않고
보낸 날이 없노라고
자기가 원하는 건 오로지
당신이라고 생각하는 그 소녀 말이에요
당신이 그녀를 벽에 밀치면
그녀는 울어요
나도 그녀와 함께 울고 있다고 알려주세요
그녀의 머리가 부딪혀서
석고벽이 안으로 바스락 무너지는 소리
내 귓속에서도 들리죠
나에게 달려오라고 말해주세요
난 이미 현관문의 나사를
모두 풀어 문을 떼냈고
모든 창문을 열어놓았다고
욕조 안에는 따뜻한 목욕물이 있다고
그녀에게 당신이 주는 그런 사랑 따위는 필요하지 않아요
그녀가 당신에게서 빠져나올 것이며
스스로에게 돌아올 거란 증거가 바로 나예요
내가 당신에게서 살아남았다면
그녀도 그렇게 될 거예요

몸의 일부는 여전히 통증이 있다

처음 만져졌을 때부터 그랬다

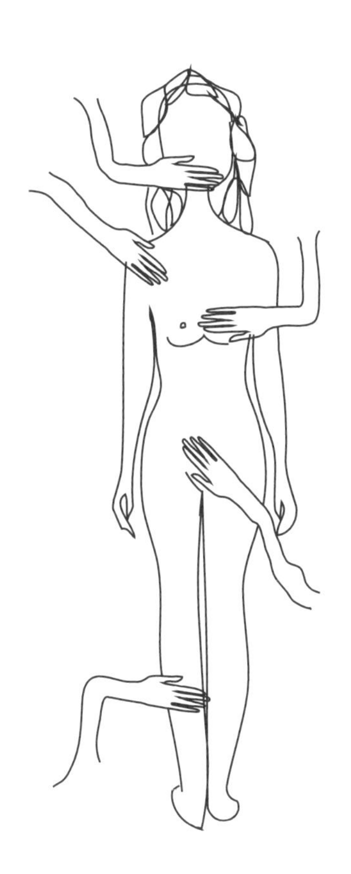

성장의 예술

새로운 열매처럼 내 몸이 익어가기 시작했을 때
열두 살 때까지는 스스로 아름답다고 느꼈다
그러다 갑자기
남자들이 군침을 흘리며 갓 난 내 엉덩이를 쳐다보았다
남자애들이 쉬는 시간에 술래잡기 대신
내 몸의 새롭고
낯선 부분들을 만지고 싶어 했다
어떻게 입어야 하고
어떻게 젊어져야 할지 몰라서
늑골 속에 감추려 했던 곳들을

젖가슴
이라고 남자애들이 말할 때
그 말이 싫었다
내가 그 말을 하면서 창피한 것도 싫었다
그 말은 내 몸을 가리키지만
내게 속한 말이 아니고
그 아이들에게 속한 말이었던 게 싫었다
그 아이들은
마치 도라도 닦는 것처럼
그 말을 되풀이했다
젖가슴
그가 말했다

한번 보여줘
여기엔 죄책감과 수치심 말곤 볼 게 없어
발 아래 땅속으로 썩어 들어가고 싶었다
그가 내 두 개의 반달을 삼키려고 달려들었을 때
나는 그의 갈고리 같은 손에서
겨우 한 발 떨어져 있었을 뿐이다
그의 팔뚝을 깨물어버리곤 *이 몸이 싫어*라고 생각한다
무언가 끔찍한 일을 저질러서 이 몸을 받은 게 틀림없다고

집으로 가서 엄마에게 말한다
밖에는 남자들이 굶주려 있어요
엄마가 말한다
가슴이 돋보이는 옷을 입으면 안 된다고
남자들은 열매를 보면 배가 고파질 거야
다리는 오므린 채 앉아야 한다고
여자는 그래야 한다고
안 그러면 남자들이 화내고 싸울 거라고
내가 숙녀처럼 행동하는 법을 배우기만 한다면
이 모든 번잡함을 피할 수 있다고 엄마는 말한다
하지만 문제는
그건 전혀 말이 안 된다는 것이다
도무지 이해할 수 없다
세계 인구의 절반에게
내 몸이 그들의 침대가 아니라고
설득을 해야 한다는 게

과학이나 수학을 배우고 있어야 할 때
나는 여성에게 주어진 삶을 배우느라 바쁘다
나는 재주넘기나 체조를 좋아해서
내 다리가 비밀을 감추고 있다는 듯이
허벅지를 바싹 붙이고 걷는 건 상상할 수 없다
내 자신의 몸을 받아들이는 것이
그들 머릿속의 욕망을 불러오기라도 하는 것처럼 말이다
나는 그들의 이념에 굴복하지 않을 것이다
성적 낙인찍기는 강간 문화이기 때문이다
처녀성을 찬양하는 것도 강간 문화이다
난 당신들이 좋아하는 가게의
창문 속 마네킹이 아니다
내게 옷을 입힐 수도 없고
내가 닳았다고 내버릴 수도 없다
당신들은 식인종이 아니다
당신들의 행동은 내 책임이 아니다
당신들은 스스로를 다스려야 한다

다음에 학교에 가서
남자애들이 내 뒤에서 야유를 보내면
그들을 넘어뜨려버리고는
목을 짓밟고 반항적으로 말하겠다
*젖가슴*이라고
그러면 그 아이들 눈빛이 볼만하겠지

세상이 네 발밑에서 무너질 때
그 조각들을 집는 걸
다른 사람들이 돕도록 두어도 돼
당신이 잘 지낼 때
우리가 당신의 행복에 동참한다면
우리는 당신의 고통 또한
충분히 나눌 수 있어

— 공동체

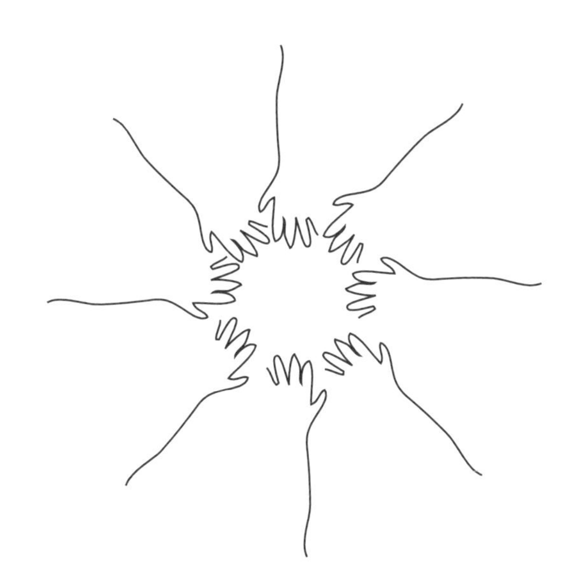

내가 우는 것은

불행해서가 아니에요

내가 우는 것은

모든 것을 가졌는데도 불행하기 때문이죠

놓아버려

떠나게 둬

그 일이 일어나게 둬

어차피 이 세상에

당신에게 약속되었거나

당신에게 속하는 것은

존재하지 않아

— 당신의 소유는 오직 당신 자신뿐이다

당신에게 약속했던

사람들에게

순수한 사랑과 아늑한 평화를 빌어줘

그리고 계속 앞으로 나아가

— 이것이 당신들 모두를 자유롭게 할 것이다

그래

누군가를

미워하면서도 사랑하는 건

가능해

나는 매일

나 자신에게 그러는걸

살아가다 어느새
스스로를 사랑하는 마음을 잃어버리고
스스로의 가장 무서운 적이 되어버렸다
악마를 본 적이 있다고 생각했다
어린아이였던 우리를 더듬던 삼촌들과
우리의 도시를 불태웠던 폭도들에게서 말이다
하지만 나만큼 내 육체에 굶주렸던
누군가를 본 적이 없다
단지 깨어 있음을 느끼기 위해 내 피부를 벗겨냈다
피부를 뒤집어 입고
자신을 벌하기 위해 그 위에 소금을 뿌렸다
괴로움에 온 신경이 엉켰고
피는 굳어갔다
심지어 나 자신을 생매장하려고도 했다
하지만 흙이 거부했다
넌 이미 썩어 있어
내가 할 일은 아무것도 없어

— **자기혐오**

네가 자신에 대해 말하는 방식
네가 자신을 하찮은 것으로
비하하는 방식들은
모두 학대야

— **자해**

가장 밑바닥을 지나서
밑바닥 아래 밑바닥을 쳤는데
어떤 도움의 동아줄이나 손길도 나타나지 않았을 때
난 궁금했다
그 무엇도 날 원하지 않으면 어쩌지
나조차도 날 원하지 않으니까

— 난 독이자 해독제이다

우선
내 말들을 잡으러 갔다
난 못 해, 난 안 할 거야, 난 자격이 안 돼
이런 말들을
한 줄로 세워놓고 쏘아 죽였다
그러고 나선 생각들 차례였다
눈에 보이지도 않고 어디에나 있는 생각들을
하나씩 모아놓을 시간은 없었다
한번에 씻어내야 했다
머리카락으로 천을 짜서
민트와 레몬을 섞은 물통에 넣고 적셔서
입안에 물고
내 땋은 머리를 타고 뒤통수로 기어올라
무릎을 꿇고 마음을 깨끗하게 닦기 시작했다
21일이 걸렸다
무릎에 멍이 들었지만
신경 쓰지 않았다
숨이 모자라서
폐 속에서 토해내지 못했다
자기혐오를 뼈에서 문질러 없앨 것이다
사랑이 드러날 때까지

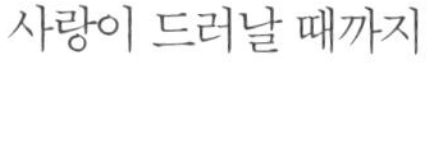

— **자기애**

조용히 가기엔 너무 많은 일을 겪고 살아남았어
유성이 날 데려가게 해줘
천둥에게 도와주라고 전해
내 죽음은 웅장할거야
땅이 갈라질 거야
태양은 스스로를 집어삼키겠지

— 내가 떠나는 날

나 자신과 신혼여행을 가고 싶어

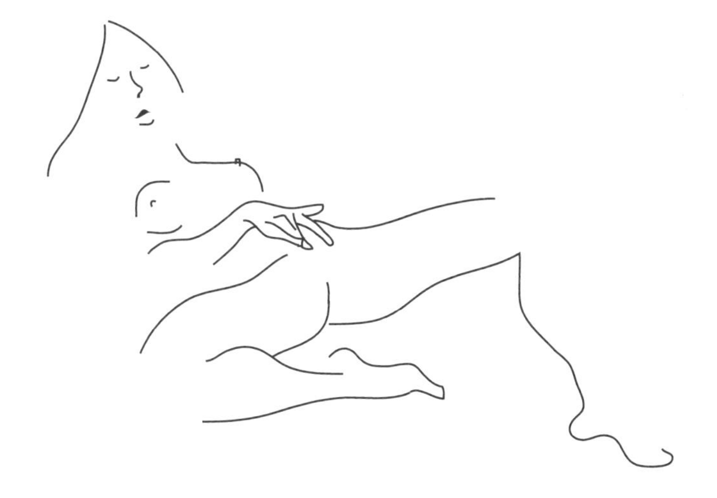

살면서 내가 가장 오래 만난 사람이
나 자신이라면
이제는 매일 밤 침대에 함께 눕는
그 사람과
친밀함과
사랑을
길러야 하지 않을까

— 수용

인간의 마음보다
더 강한 것이 있을까
계속해서 부서지는데도
여전히 살아 있으니 말이다

일이 다 끝났다고 생각하며 깨어났다
오늘은 실천할 필요 없을 거야 하면서
치유가 그렇게 쉽다고 생각하다니 얼마나 순진한가
치유에는 종점도 없고
통과할 결승선도 없으니
치유는 매일 해야 하는 일과다

당신은 정말 많은 것을 가졌지만
항상 더 많은 것을 갈망한다
당신이 가지지 못한 건 그만 우러러보고
당신이 가진 걸 돌아보라

— 만족이 사는 곳

당신은 내 빛을 흉내 낼 순 있어도

그 빛이 될 수는 없어

그 모든 일을 겪고도
여기 이렇게 살고 있잖아

이게 인생의 레시피란다

내가 울고 있을 때 날 안아주면서

엄마가 말씀하셨다

매년 네가 정원에 심은

그 꽃들을 생각하렴

꽃들이 네게 가르쳐줄 거란다

사람도 결국

시들고

낙엽 지고

뿌리내리고

솟아올라야

꽃을 피운다는 걸

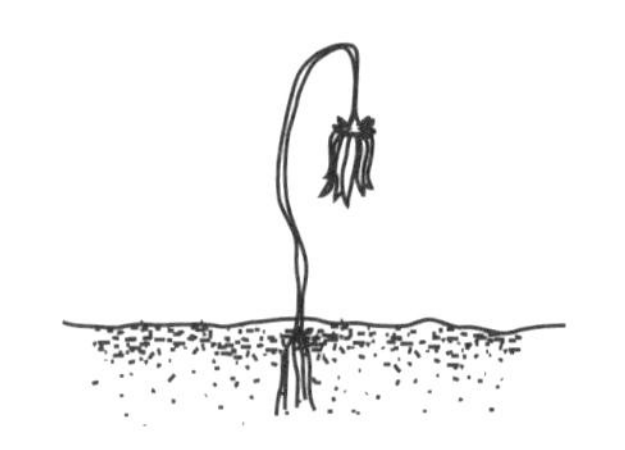

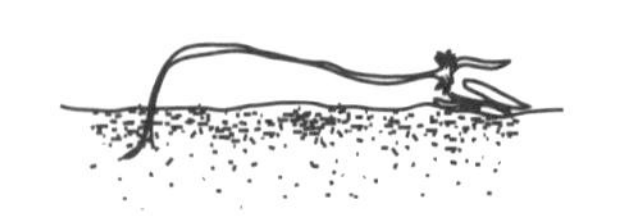

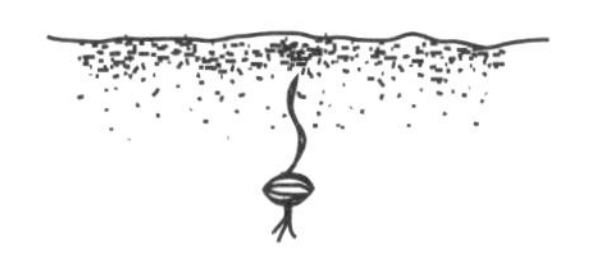

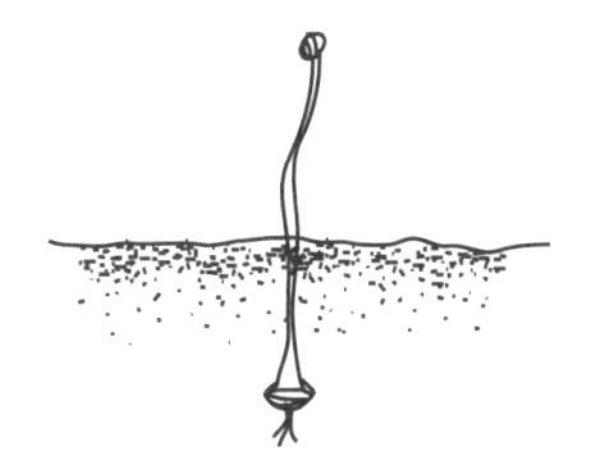

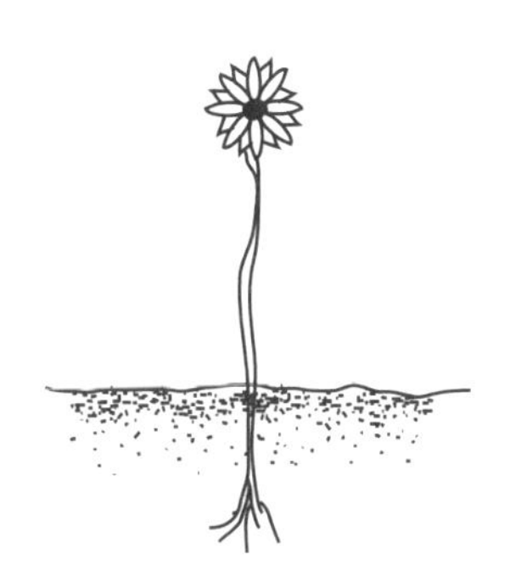

rooting

뿌리내림

집을 다시는 못 찾을지 모르는데
집을 잃는 심정을
그들은 알지 못한다
당신의 인생 전체가
두 땅으로 나뉘고
두 나라의 다리가 된다는 걸 말이다

— 이민자

저들이 무슨 짓을 했는지 봐

지구가 달에게 외친다

저들이 나를 큰 멍으로 만들어버렸어

— **푸르고 푸른**

당신은 벌어진 상처고
우리는 당신의 피웅덩이 속에
서 있다

— **난민수용소**

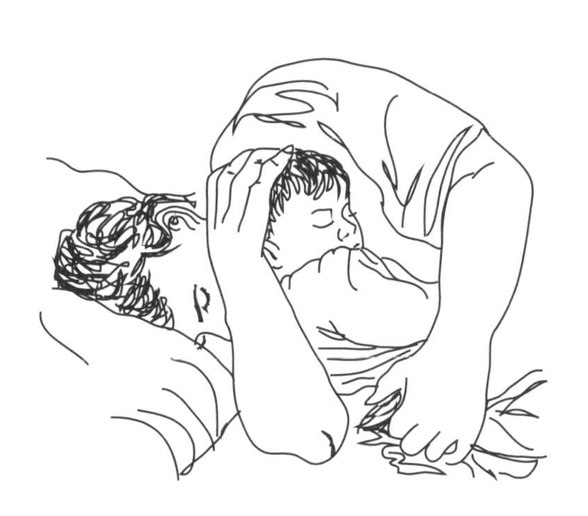

듣는 것에 대해
엄마는 내게 침묵을 가르쳐주셨다
네 *목소리가 남의 목소리를 묻어버리면*
*남들 이야기를 어떻게 듣겠니*라고 물으셨다

말하는 것에 대해
엄마는 말씀하셨다 *지조를 가지고 해라*
네 말 한 마디 한 마디는
네가 책임져야 하는 거야

존재에 대해
엄마는 말씀하셨다 *부드러우면서도 강해지렴*
삶을 온전히 살려면 약해질 필요도 있지만
살아남기 위해선 충분히 거칠어야 한다

선택에 대해
엄마는 내게 감사하는 마음을 가지라고 하셨다
내가 했던 선택에 대해
엄마는 선택할 특권을 가지지 못하셨으니까

— 엄마의 가르침

나라를 떠나는 것은

엄마에게 쉬운 일이 아니었다

아직까지도 그 나라를 찾아다니시는 걸 본다

외국 영화를 보면서나

해외식품 코너에서 말이다

그녀가 그를 어디에 숨겼는지 알고 싶다. 불과 1년 전 그녀의 오빠가 죽었다. 결혼식 날 붉은 실크와 황금색 예복을 입고 앉아 그녀는 내게 말한다. 그날이 인생에서 가장 슬픈 날이었다고. 아직까지도 애도를 다하지 못했다고. 1년은 충분하지 않아. 그렇게 짧게 슬퍼할 순 없어. 찰나 같았어. 숨 한 번 쉴 틈처럼. 부고를 체감하기도 전에 이미 결혼 장식이 걸렸다. 손님들이 몰려들기 시작했다. 잡담들. 분주한 움직임들. 모든 것이 그의 장례식과 너무 많이 닮았다. 우리 아버지와 그의 가족이 결혼식장에 도착했을 때 마치 그의 시체가 막 화장터로 옮겨진 것만 같았다.

— **아므리크 싱**(amrik singh) (1959-1990)

미안해요
이 세상이 당신을 안전하게 지켜주지 못했어요
당신이 집으로 돌아가는 여행은
편안하고 평화롭기를 빌어요

— **편히 잠드소서**

당신의 다리는 힘이 풀린다
안전한 곳을 찾아 달리는 지친 말처럼
다리를 끌어당겨 더욱 빨리 움직여라
당신을 뱉어내고 싶어 하는 나라에서 살면서
휴식할 특권은 없으니까
계속해서 가고
또 가고
계속 가야 한다
물가에 다다를 때까지
당신의 명의로 된 건 모두 내어주고
보트에 탈 티켓을 얻는다
당신과 같은 사람 백 명과 함께
빽빽하게 끼어서 간다
당신은 옆에 있는 여자에게 말한다
이 보트는 충분히 튼튼해 보이지 않아요
이 많은 슬픔을 해안으로 옮기기에는 말이죠
무슨 상관있나요 그녀가 말한다
물에 빠져 죽는 것이 여기 머물러 있는 것보다 차라리 나은걸요
이 물이 얼마나 많은 사람들을 집어삼켰을까
하나의 거대한 공동묘지인 걸까
조국 없이 묻힌 시체들
어쩌면 바다가 그대의 조국인지 몰라
어쩌면 보트가 가라앉을지 몰라
이곳이 그대를 받아줄 유일한 장소이니까

— **보트**

내가 묻는다 그들 문턱에 도착했는데
문을 쾅 닫아버리면 어떡하나요

문이 웬 말이에요 그녀가 답한다
우리는 짐승의 배 속에서 탈출했는데

경계는
사람이 만든 것이다
우리를 단지 물리적으로 나눌 수 있을 뿐이다
그것이 우리를
이간질하게 두지 마라

— 우리는 적이 아니다

수술이 끝나고
그녀는 내게 말한다
참으로 이상하지
그들이 막 꺼내 간 것이
그녀 아이들의 첫 번째 집이라는 게

— 2016년 2월 자궁절제술

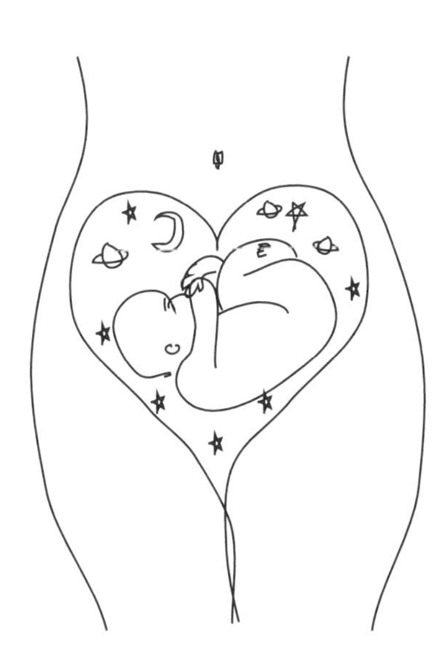

오늘 폭탄은
모든 도시들을 무릎 꿇렸다
난민들은 보트에 올라탔다
그들의 발이 다시는 땅을 딛지 못하리라는 걸 알면서도
경찰은 피부색을 이유로 사람들을 쏘아 죽였다
지난달 방문한 고아원은
쓰레기처럼 길거리에 버려진 아기를 위한 곳이었다
나중에 병원에서 본 한 어머니는
아이와 함께 제정신도 잃었다
어디선가는 연인이 죽기도 했다
어찌 내 삶이
기적에 못 미친다 하겠는가
이 모든 혼란 속에서
이 삶을 얻었는데

— 상황

어쩌면 우리 모두는 이민자들일지 몰라
살면서 집을 하나씩 바꿔나가니까
처음엔 공기를 마시러 자궁을 떠나고
다음엔 더 나은 삶을 살겠다고
시골을 떠나 더러운 도시로 향하지
우리 중 일부는 나라를 떠나는 것뿐이야

나의 신은
교회 안에서 날 기다리지 않는다
사원 계단 위에 앉아 있지도 않는다
나의 신은
달리는 난민의 숨결이다
굶주린 아이 배 속에 산다
시위대의 심장박동이다
나의 신은
거룩한 사람들이 쓴
페이지 사이에서 쉬고 있지 않다
나의 신은
돈에 몸이 팔리는 여성들의
땀에 젖은 허벅지 사이에 있다
노숙자의 발을 씻겨줄 때 마지막으로 보인다
나의 신은
도달할 수 없는 존재가 아니다
사람들은 그렇게 생각하길 바라겠지만
나의 신은 우리 안에서 무한히 박동한다

우리 엄마의 결혼식 날
엄마에게 해주었으면 좋았을 조언

1. 싫어라고 말해도 돼요

2. 수년 전에 당신 남편의 아버지가
그를 때려 사랑의 언어를 빼앗아버렸어요
그래서 사랑을 말하는 법을 절대 알지 못하겠지만
그의 행동은 당신을 사랑하는 것을 증명하죠

3. 그가 당신의 몸 안으로 들어올 때
그와 함께 그곳으로 가세요
섹스는 더러운 행위가 아니에요

4. 그의 가족들이 몇 번이고 낙태를 입에 올려도
내가 여자라는 이유로 낙태하지 마세요
친척들을 내보내고 문을 잠근 뒤 열쇠를 삼켜버려요
남편이 당신을 미워하지 않을 거예요

5. 바다를 건너 떠나게 될 때
당신의 일기와 그림들은 가져가세요
새로운 도시에서 길을 헤맬 때
그것들이 당신이 누구인지 생각나게 해줄 거예요
또 당신 아이에게 알려줄 거예요
자기들이 있기 전에도 당신에게 삶이 있었다는걸

6. 남편이 공장으로 일하러 나가면
아파트 단지의 다른 외로운 여성들과
모두 친구가 되세요
외로움은 사람을 반쪽으로 만들어요
살아남기 위해선 서로가 필요할 거예요

7. 남편과 아이들이 당신 것을 많이 가져갈 거예요
우리는 감정적으로 정신적으로 당신을 굶주리게 만들 거죠
다 잘못된 일이에요
당신 자신을 희생하는 것이
사랑을 보여주는 행위라고
우리에게 설득당하지 마세요

8. 당신 어머니가 돌아가시면
비행기를 타고 장례식에 참석하세요
돈은 있다가도 없는 거죠
어머니는 평생에 한 번뿐이에요

9. 커피 한 잔에
몇 달러 정도 써도 돼요
그럴 여유가 없었던 때가
있었다는 걸 알아요
하지만 지금은 괜찮아요. 숨 좀 쉬어요.

10. 당신은 영어가 유창하지 않고

컴퓨터나 휴대폰을 잘 다루지도 못하죠
우리가 그렇게 만들었어요. 당신 잘못이 아니에요.
당신은 화려한 휴대폰과 디자이너의 옷을 걸친
다른 어머니들
못지 않아요
우리가 당신을 집 안 사면의 벽 사이에 가두었고
뼈 빠지게 일하게 만들었죠
수십 년간 당신은 당신 것이었던 적이 없어요

11. 낯선 땅에서 혼자 가족을 기르는
당신 혈통의 첫 번째 여성이 되는 데 있어서
어떤 지침도 없었죠

12. 당신은 내가 가장 존경하는 분이에요

13. 내가 부서지려고 할 때마다
당신의 강함을 기억하고
단단해져요

14. 당신은 마법사 같아요

15. 당신의 남은 인생을 편안함으로 채워주고 싶어요

16. 당신은 영웅들의 영웅이고
신들의 신이에요

꿈속에서
엄마를 보았다
가장 사랑하는 사람과 함께 있고
자녀가 없는 엄마를
내가 본 중에 가장 행복해 보이는 모습이었다

— **만약에**

당신은 세상을

여러 조각으로 나누었어요

그 조각들을 나라라고 부르고

그럴 자격이 없는데도

소유권을 선언했어요

남은 사람들에게 아무것도 남기지 않았죠

— 식민지화

우리 부모님은 저녁에 우리를 앉히고 어렸을 때 이야기를 해 준 적이 없었다. 한 분은 늘 일을 하셨고 한 분은 너무 피곤하셨다. 아마도 이민자의 삶이란 그런 것 같다.

북쪽의 차가운 지역이 그들을 에워쌌다. 그들의 몸은 시민권을 얻기 위해 피와 땀을 흘리느라 바빴다. 어쩌면 새로운 세상의 무게가 너무 무거웠는지 모른다. 예전 시절의 고통과 슬픔은 묻어두는 것이 더 나았을지도 모른다.

그렇지만 그럼에도 내가 그걸 파내봤다면 좋았을걸. 마치 닫힌 봉투를 열어보듯이 그들의 침묵을 열어보았더라면. 봉투의 가장자리에 작은 틈 하나라도 발견했으면. 손가락을 밀어 넣고 살살 찢어서 열어 보았으면 좋았을걸. 부모님은 내가 태어나기 전 내가 모르는 인생을 살고 있었다. 부모님을 정말로 알게 되기 전에 부모님이 이 세상을 떠나는 것을 보게 된다면 그보다 후회스러운 일도 없을 것이다.

내 목소리는
충돌하는 두 나라의
후손이다
영어와
내 모국어가
서로 사랑을 나누었다고
부끄러워할 것이 뭐 있는가
내 목소리는
아버지의 단어와
어머니의 억양으로 태어났다
내 입에 두 세계가 담긴 것이
뭐가 문제인가

— **억양**

수년 동안 그들은 바다를 사이에 두고 떨어져 있었다
여권 사진보다 크기가 작은
서로의 사진밖에 갖지 못한 채
그녀는 사진을 금 목걸이에 넣어두었고
그는 지갑 안에 사진을 넣었다
하루를 마치고
주위 세상이 잠잠해졌을 때
사진을 들여다보는 게 그들이 가진 친밀함의 전부였다

이때는 컴퓨터가 생기기 훨씬 오래전이었다
그쪽 지역에 살던 가족들은
전화기를 본 적도 없고
아몬드 모양 눈으로 컬러텔레비전을 본 적도 없을 때였다
너와 내가 태어나기 훨씬 전의 일이다

비행기 바퀴가 활주로에 닿았을 때
그녀는 여기가 맞는지 걱정이 되었다
그녀가 비행기를 제대로 탔던 건지 걱정했다
남편 말대로
승무원에게 한 번 더 물어볼걸 그랬다

수하물을 찾으러 가면서
그녀의 심장이 마구 뛰었다
심장이 떨어져나갈 것만 같았다
눈은 온 사방을 향하며

다음에 뭘 해야 하는지 찾아보았다
그때 갑자기
바로 거기에
실물로
그가 서 있었다
신기루가 아닌 — 한 남자가
안도감이 먼저 들었다

그 후엔 혼란스러웠다
그들은 수년 동안 이 재회를 상상했다
무슨 말을 해야 할지 연습도 했다
하지만 그녀의 입은 그 대사를 잊은 것처럼 보였다
배 속이 뒤틀리는 것 같았다
그의 눈 주위 그늘과
눈에 보이지 않는 무게를 짊어진 어깨를 보았을 때
그에게서 인생이 고갈되어 빠져나간 것처럼 보였다

그녀가 결혼했던 그 남자는 어디로 갔는지
그녀는 어리둥절해하며
손으로 금 목걸이를 더듬어 찾았다
더 이상 그녀의 남편을 닮지 않은
남자의 사진이 들어 있는 목걸이를

— **새로운 세상이 그를 고갈시켰다**

혹시라도

그녀가 받아 마땅한 걸

그녀에게 드릴 시간이 부족하면 어떡하죠

당신이 생각하기에

하늘에 간절하게 빈다면

우리 엄마의 영혼이

내 딸로 돌아올 수 있을까요

그래서 내 평생

내게 주셨던 편안함을

내가 엄마에게 드릴 수 있게요

과거로 돌아가서 그녀 옆에 앉고 싶다. 그녀의 모습을 카메라로 녹화해서 내 눈이 남은 시간 동안 기적을 목격할 수 있게. 내가 태어나기 전에 존재했다고 생각하지 못했던 그 인생을. 그녀가 친구들과 무얼 얘기하며 웃었는지 알고 싶다. 진흙과 벽돌로 지은 집들로 가득한 마을에서. 드넓은 겨자꽃과 사탕수수밭에 둘러싸여. 십대 시절의 엄마와 함께 앉고 싶다. 그녀의 꿈에 대해 묻고 싶다. 그녀의 땋은 머리가 되고 싶다. 그녀의 눈꺼풀을 어루만지는 검은 분 화장품이고 싶다. 그녀의 손끝에 묻은 밀가루가 되고 싶다. 엄마가 보는 교과서의 한 페이지가 되고 싶다. 엄마가 입은 원피스의 실 한 가닥만 되어도 내겐 가장 큰 선물이 될 것이다.

— 기적을 목격하기 위해

1790

그가 아내로부터 갓난 여자아이를 앗아서
옆방으로 데려간다
왼손으로 머리를 받치고
오른손으로 부드럽게 목을 꺾는다

1890

젖은 수건으로 그녀를 감싸고
쌀알과 모래알을
콧속에 넣어
시어머니가 며느리에게 요령을 알려준다
그녀가 말한다 나도 그래야 했단다
우리 어머니도 그랬고
어머니의 어머니도 그렇게 했어

1990

신문에 기사가 실렸다
백 명의 여자아이들이 이웃 마을의 병원 뒤에서
매장된 채 발견되었다
아내는 남편도 딸을 거기로 데려갔던 건지 궁금해한다
딸이 흙이 되어 이 나라를 먹여 살리고 있는 뿌리에
비료가 되는 모습을 떠올린다

1998

바다 건너 토론토 지하실에서

이미 딸을 가진 인도 여성에게
의사가 불법으로 낙태를 시행한다
그녀가 말한다 *하나만으로도 충분히 힘들어*

2006
이모들이 엄마에게 말한다 *생각보다는 쉬워*
그들이 아는 어떤 가족은
세 번이나 하기도 있다
그들이 아는 병원도 있고 엄마에게 전화번호도 알려줄 수 있다
의사는 아들을 낳게 해주는 알약을 처방해준다
그들은 말한다 그 약이 아랫집 여자에게 효과가 있었대
지금은 아들이 셋이야

2012
토론토에 있는 열두 곳의 병원들은
임신 30주가 될 때가지
아기의 성별을 알려주는 것을 거절한다
그 병원들은 모두 남아시아 이민자 인구 비율이
매우 높은 지역에 위치하고 있다

— 여아살해 | 여아낙태

네 공동체의
본체를 기억하라
너를 온전하게 꿰매어준 이들의
기운을 깊이 들이마셔라
당신으로 자란 건 바로 당신이지만
당신보다 앞섰던 사람들이
당신을 이루는 일부인 것이다

— 뿌리를 존중하라

GIRLS CAN DO ANYTHING

ALL YOU OWN IS YOURSELF

We Are Not Enemies

let's leave
this place roofless

now is not the time
to be quiet

그들이 날 산 채로 매장했을 때
손바닥과 주먹으로
땅을 파고 헤쳐 나왔다
내가 울부짖는 소리가 너무 커서
땅이 공포로 솟아오르고
흙먼지가 공중에 떠올랐다
내 삶은 잇따른 매장에 대한
반동의 연속이었다

— 당신에게서 벗어나는 길을 쉽게 찾아낼 거야

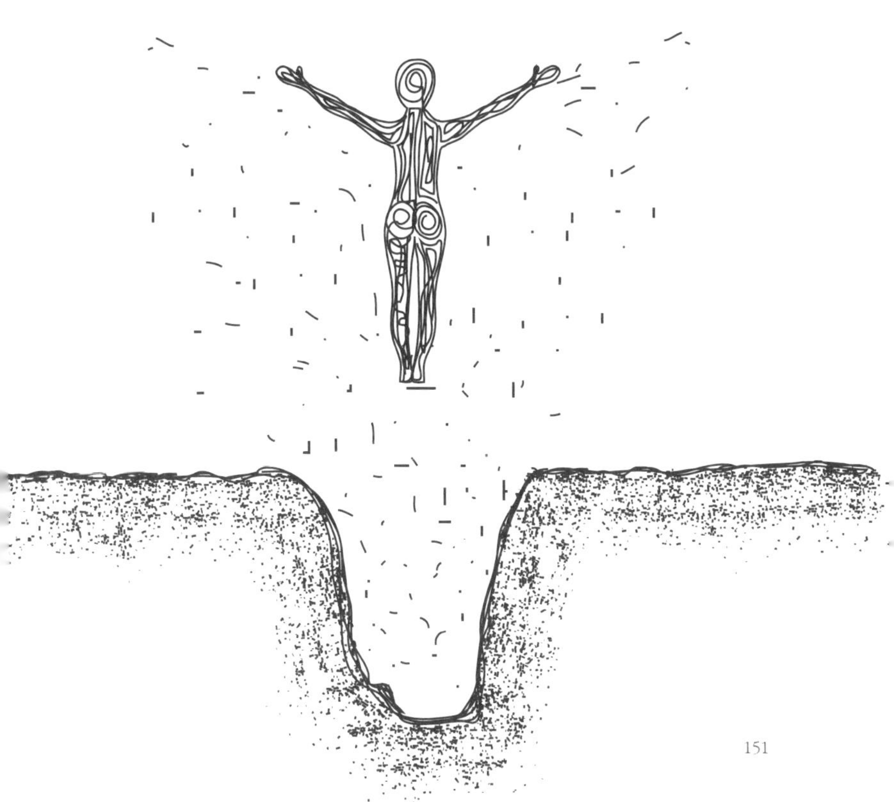

어머니는 자신의 꿈을 희생하셨다
내가 꿈을 가질 수 있도록

엉터리 영어

아버지는 모음이 무언지도 모른 채
어떻게 우리 가족을 가난에서 꺼내셨을까 생각하곤 한다
어머니는 영어 문장 하나 완벽하게
만들 줄도 모르면서
네 명의 자녀를 길러내셨다
희망을 안고 새로운 세상에 도착해서
당황한 한 부부
거절의 쓴맛을 보고
가족도 없고
친구도 없는
남편과 아내
아무 의미도 없는 대학 졸업장 두 개
이제 통하지 않는 모국어 하나
아이가 든 부푼 배 하나
어쨌든 간에 아기는 나올 준비를 하니
직장과 집세를 걱정하는 한 아버지
그들은 속으로 아주 잠깐 동안 생각했다
우리를 통째로 집어삼키는
한 나라를 향한 꿈에
우리 돈을 전부 쏟아붓길 잘한 걸까

아빠는 아내의 눈을 바라보고
그녀 눈 속에 살고 있는 외로움을 본다

*방문자*라는 말을 입에 머금고 그녀를 쳐다보는 이 나라에
그녀의 집을 구해주고 싶어 한다
그들의 결혼식 날
그녀는 그의 아내가 되기 위해 자신의 마을을 온전히 떠났다
이제 그녀는 전사가 되기 위해 한 나라를 온전히 떠났다
겨울이 되었을 때
추위를 이기기 위해
서로의 온기 외에는 아무것도 가진 것이 없었다

두 개의 괄호처럼 그들은 서로를 마주 보았다
가장 사랑스러운 자신의 일부를 — 그들의 자녀 — 꽉 안기 위해
그들은 옷으로 가득한 가방 하나를
삶과 안정적인 급여로 바꿔냈다
이민자의 자녀가
이민자의 자녀라는 이유로 당신들을 미워하지 않도록
그들은 너무나 열심히 일했다
손을 보면 알 수 있다
그들의 눈은 재워달라고 애원했지만
우리의 입은 먹여달라고 애원했다
그것이야말로 지금껏 본 중에 가장 예술적인 것이다
열정의 소리를 들어본 적 없는
이 귀에게 이것은 시와 같다
그들이 만든 걸작을 보면
내 입은 *있잖아* 와 *그러니까*로 가득하다
영어라는 언어에는 이런 종류의 아름다움을 정교하게 담아낼

단어가 없기 때문이다
그들의 존재를 스물여섯 자의 알파벳으로 조합해 줄여놓고
서술했다고 말할 수 없다
한번 시도한 적은 있지만
그들을 서술하는 데 필요한 형용사 같은 건
존재하지 않는다
그래서 대신 페이지마다
단어와 쉼표로 채우고
더 많은 단어들을 나열하고 더 많은 쉼표를 찍다가
결국 세상에는 그렇게
너무나 무한하여
마침표를 사용할 수 없는 게 있음을 깨닫는다

그러니 엄마가 입을 열어
엉터리 영어를 내뱉을 때
어찌 감히 비웃을 수 있겠는가
그녀가 나라를 건너와 여기 있음을
창피하게 여기지 말기를
덕분에 당신은 해안을 건너지 않아도 되니까
그녀의 억양은 꿀처럼 진하니
당신의 인생으로 감싸주기를
그건 그녀가 고향을 떠나며 간직한 유일한 것이니까
그 풍성함을 짓밟지 말고
대신 미술관 벽에 걸어두어라
달리와 반 고흐 옆에 말이다

그녀의 인생은 찬란하고 비극적이니
그녀의 부드러운 볼에 입을 맞추어라
그녀는 이미 알고 있다
그녀가 말할 때 온 세상이 비웃는 느낌이 어떤지를
그녀는 맞춤법과 언어를 뛰어넘는 존재다
우리는 아마 그림을 그리고 이야기를 쓸 수 있겠지만
그녀는 세상 하나를 통째로 직접 만들었다

이것이야말로 예술이지 않은가

r i s i n g

싹틈

사랑의 첫날에

당신은 특별함이란 말로 날 감싸주었어

당신도 기억할 거야
도시는 아직 잠들어 있는데
우리가 처음으로 깨어 앉던 때를
서로 스킨십을 하기 전이었지만
우리는 말로 서로를 드나들며 여행할 수 있었지
우리의 팔다리는 태양을 만들 만큼
많은 전기가 통해서 어지러웠어
그날 밤 아무것도 마시지 않았지만
난 흠뻑 취했어
집에 돌아와 생각했지
우리는 소울메이트일까

불안해
당신에게 빠지는 것은
그에게서 빠져나오는 것을 의미하니까
난 아직 그럴 준비가 되지 않았어

— 전진

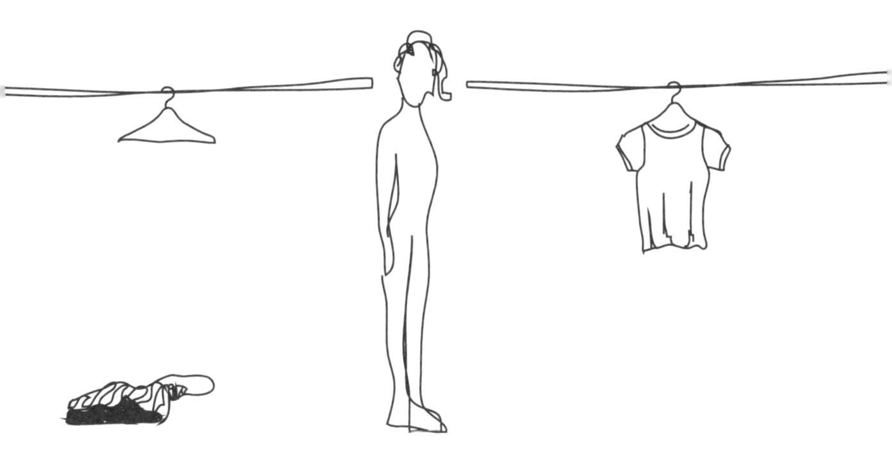

두려움에 다리를 벌리는 것밖에
한 적 없던 내가
어떻게 당신을 친절하게 맞이할 수 있을까
사랑이란 내게 폭력일 뿐이었는데
당신은 이리 달콤하면
난 당신을 어떻게 대해야 하는 걸까
당신에게 열정이란 눈을 마주 보는 건데
나에게 열정은 분노와 같은 뜻이라면
어떻게 이런 걸 친밀함이라 부를 수 있는 건지
나는 날카로운 모서리를 원하지만
당신의 모서리는 심지어 모서리도 아니야
부드러운 착지점이야
지금껏 고통밖에 모르고 살았는데
건강한 사랑을 받아들이는 법을
스스로에게 어떻게 가르쳐야 할까

내가 맞이할

파트너는

나와 대등한 사람이다

다시 시작하는 것에 절대 죄책감을 느끼지 마

가운데 자리는 이상하다
그곳과 다음 지점 사이는
과거의 관점에서
미래의 관점으로 깨어나는 곳이다
이곳은 그들의 매혹이 힘을 잃는 곳이며
이곳에서 그들은 더 이상
당신이 만들어낸 신이 아니다
당신의 뼈와 치아로 조각해낸 신단이
더 이상 그들을 섬기지 않으면
가면은 벗겨지고 그들은 다시 인간이 된다

— 가운데 자리

새로운 누군가를 사랑하기 시작할 때
사랑의 우유부단함에 헛웃음이 난다
이전 사람이야말로 *진정한 사랑*이라고
확신했던 게 기억나니
근데 지금 봐
*진정한 사랑*을 처음부터 다시 정의하고 있네

— 새로운 사랑은 선물이다

날 지치게 하는 그런
사랑은 필요하지 않아
내게 기운을 주는
사람을 원해

그들이 실수한 대가를
당신에게 물리지 않으려 노력 중이야
그 상처에
당신은 책임이 없다고
나 자신에게 가르치는 중이야
어떻게 당신이 하지도 않은 일 때문에
당신을 벌할 수 있겠어
당신은 내 감정을
훈장 달린 군복을 입듯 자랑스럽게 생각해
당신은 차갑지도 않고
야만스럽지도 굶주려 있지도 않아
당신은 날 치유해
당신은 그들이 아니야

그는 짜릿한 손가락을 내 피부에 올려놓으면서
언제나 날 똑바로 쳐다본다
*느낌이 어때*라고 물으며
내가 집중하도록 만든다
도저히 답을 할 수가 없다
기대감에 몸이 떨린다
다가올 일에 흥분되면서도 겁이 난다
그가 미소 짓는다
그는 나의 이 모습이 만족을 의미한다는 걸 안다
나는 스위치판이고
그는 회로다
내 엉덩이는 그의 엉덩이와 함께 움직인다 — 리듬감 있게
신음할 때 내 목소리는 내 것이 아니다 — 음악이다
바이올린 줄에 올린 손가락처럼
그가 도시 하나를 밝힐 만큼의 전기를 내 안에 일으킨다
끝나고 나서 나는 그를 똑바로 쳐다보고
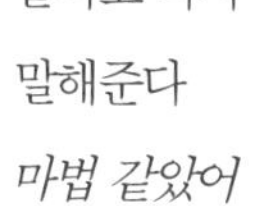
말해준다
마법 같았어

커피숍에 들어가서 당신을 보았을 때, 내 몸이 이전과는 다르게 반응했어. 내 심장이 날 포기하길 기다렸어. 다리가 얼어붙기를. 당신 모습을 보고 땅에 엎드려 울기를 기다렸는데, 아무 일도 일어나지 않았어. 우리가 눈을 마주쳤을 때 내면에서 무엇도 연결되거나 움직이지 않았어. 당신은 그저 평범한 옷을 걸치고 평범한 커피를 마시는 평범한 남자처럼 보였어. 당신에게는 어떤 심오한 것도 없었어. 나 자신을 과소평가했나 봐. 아마도 내 몸이 오래전에 당신을 깨끗하게 씻어냈나 봐. 가장 소중한 것을 잃어버린 사람처럼 행동하는 것에 지쳤나 봐. 자기연민에 빠져 정신없을 때 불안함을 다 짜내버렸나 봐. 그날 난 화장도 하지 않았어. 머리도 흐트러져 있었어. 남동생의 오래된 티셔츠와 잠옷 바지를 입고 있었지. 하지만 내가 바다의 빛나는 세이렌 여신처럼 느껴졌어. 인어처럼 느껴졌어. 집에 운전해서 돌아오는 길에 춤도 췄어. 우리는 같은 커피숍의 지붕 밑에 있었지만, 나는 너에게서 태양계 몇 개만큼 떨어져 있었어.

오렌지 나무는 우리가 꽃피우기 전에는
꽃을 피우지 않기로 했어
우리가 만났을 때
그들은 작은 오렌지 눈물을 흘렸지
지구가 한평생
이 순간을 기다려왔다는 걸 모르겠니

— **축하**

난 왜 항상 쳇바퀴를 도는 걸까
네가 날 원하기를 바라는 마음과
네가 나를 원할 때면
이렇게 감정적으로 솔직하게 사는 건
부담스럽다고 생각하는 것 사이에서 말이야
난 왜 남이 날 사랑하는 걸 이토록 어렵게만 만들까
마치 내 가슴 밑에 숨겨놓은 유령들을
네가 보아선 안 되는 것처럼
예전엔 이런 일에 관해서라면
훨씬 열린 마음이었는데 말이야 내 사랑아

— 내가 그만큼 적극적이었을 때 우리가 만났더라면

더 이상은 자제할 수가 없었어

한밤중에

바다로 달려가서

널 향한 내 사랑을 바다에게 고백했어

그녀에게 말을 전하고 나니

그녀의 몸속 소금이 설탕으로 변했어

소바 싱(sobha singh)의 〈소흐니 마히왈(sohni mahiwal)〉에 바침

*이건 실수일지 몰라*라고 말한다. *우리 관계가 성공하려면 사랑만으로는 부족할지 몰라.*

너의 입술이 내 입술을 덮는다. 우리 얼굴이 키스의 황홀함으로 얼룩지고 넌 말한다. *그 말이 틀렸다고 해줘.* 머리로 생각을 하려고 하지만, 이해할 수 있는 건 마구 뛰는 심장뿐이다. 네가 찾는 답은 바로 거기에 있어. 내 가쁜 숨에. 잇지 못하는 말에. 내 침묵에. 내가 말을 할 수 없는 건 이게 실수라고 해도 네가 나를 너무나 두근거리게 만들었기 때문이야. 너와 있는 게 이렇게 잘못처럼 느껴진다면 이 관계는 옳을 수밖에 없어.

울 줄 아는

한

남자

— 선물

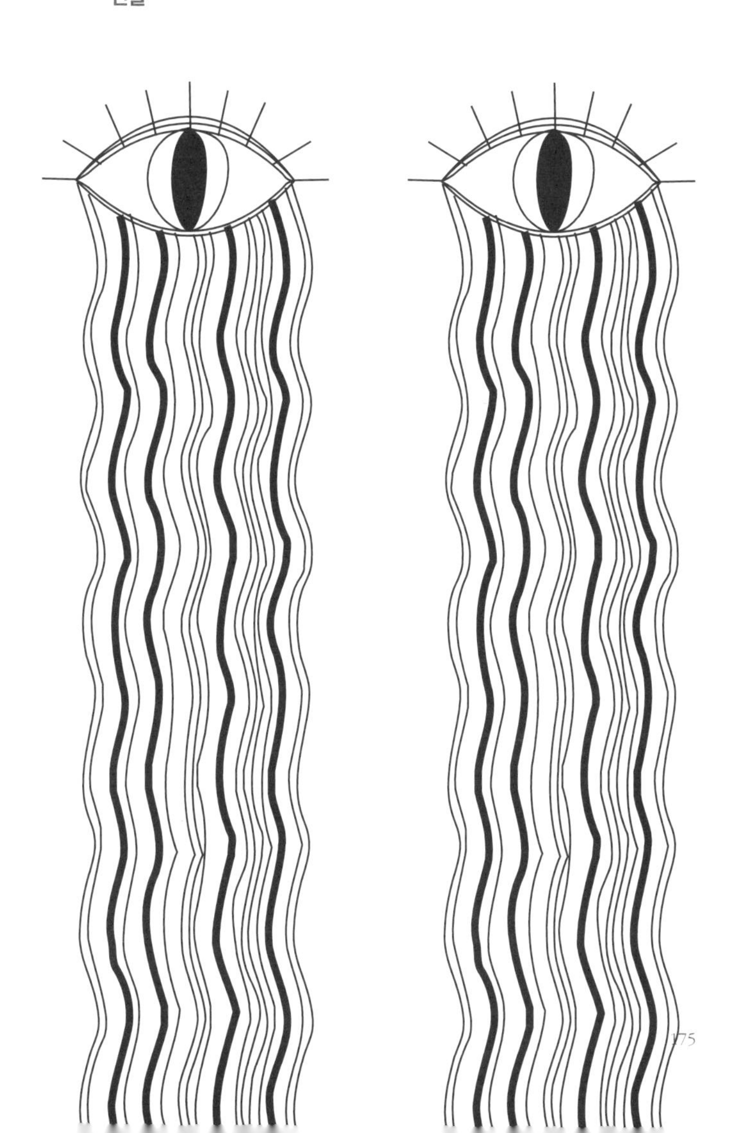

연인과 생을 함께할 거라면
스스로에게 물어봐야 할 것들이 있다
20년 후에도
이 사람은 여전히
나와 함께 웃고 있을 사람인가
아니면 지금 잠깐 그의 매력에 끌리는 건가
10년이 지날 때마다 우리가
함께 진화하는 게 보이는가
아니면 성장이 멈추게 될까
돈이나 외모에
끌리고 싶지 않다
상대방이 내게서 최고의 모습을
아니면 최악의 모습을 이끌어낼지 알고 싶다
우리의 가치는 마음속 깊은 곳에서 같을까
30년 후에 우리가 여전히
이십대처럼 침대로 뛰어들 수 있을까
우리의 정맥에 젊은 피가
흐르는 것처럼
우리가 나이 들어서도
세상을 정복하는 우리를 꿈꿀 수 있을까

— **체크리스트**

그가 묻는다 *왜 이렇게 해바라기에 관심이 많아*

난 바깥의 노란 들판을 가리키며
그에게 말한다
해바라기들은 해를 숭배하잖아
해가 도착할 때만 일어서고
해가 떠나면 애도하며 머리를 숙여
해가 꽃들이 그러도록 만들어
너도 나를 그렇게 만들어

— 해와 그녀의 꽃들

가끔은
나 자신이 이 단어를
큰 소리로 말하는 걸 막는다
너무 자주 하면
이 말이 닳기라도 한다는 듯이

— **사랑해**

우린 앞으로 중요한 대화는
손가락으로 하게 될 거야
저녁 먹는 동안 처음으로
떨리는 손가락으로 내 손을 쓰다듬으며
다음 주에 다시 만나자고 할 때
네 손가락은 두려움에 움츠러들겠지만
내가 그러자고 말하자마자
네 손가락은 마음 편히 펼쳐질 거야
우리가 이불 아래 있고
우리 손가락이 서로를 붙잡을 때
우리 둘 다
다리 풀리지 않은 척하겠지
내가 화났을 때
손가락은 쓰디쓴 울음소리를 내며 요동칠 거야
하지만 용서를 구하며 손가락이 떨고 있을 때
넌 사과하는 모습이 어떤 건지 보게 될 거야
우리 중 하나가 병원 침대에서
여든다섯 살에 죽음을 맞이하려고 할 때
너의 손가락이 내 손가락을 꽉 붙잡고
말로는 설명할 수 없는 대화를 전할 거야

— **손가락**

오늘 아침

꽃에 대고

네게 무얼 해줄지 일러줬더니

꽃이 피어났어

어디서부터 너고
어디서부터 나인지
너의 몸이
내 몸 안에 있을 때
우린 한 사람이 된다

— **섹스**

너에게 걸어서 가야 한다면
팔백스물여섯 시간이 걸리겠지
일이 안 풀리는 날이면
세상에 종말이 와서
비행기도 안 다니면 어쩌나 생각하곤 해
생각할 시간이 너무 많고
채워질 빈 공간이 너무 많은데
그걸 채워줄 친밀함이 내 곁에 없어
그건 기차역에서 꼼짝 못 하고
네가 타고 있다고 써 있는 기차를
기다리고 기다리고 기다리는 느낌일 거야
이쪽 해안에서 달이 떠오를 때는
태양이 뻔뻔하게 네가 있는 곳을 비추겠지
우리의 하늘마저 다르다는 사실에 난 바스러져
우린 오랫동안 함께였어
그런데 너의 촉감이 내 피부에 각인될 만큼
충분히 오래이지 못했다면
우리가 정말 함께였던 걸까
현재를 살기 위해 힘껏 노력하지만
네가 여기 없으니
만물이 찬란해도
그저 그렇게 보일 뿐이야

— 장거리 연애

난

물로 만들어져 있어

그러니 감정적일 수밖에

그 사람이 집처럼 편안하게 느껴져야 해
당신 인생의 기초가 되는 곳처럼
하루가 끝나고 쉬러 가는 곳처럼

— 그 한 사람

달은
잔잔한 물에서
밀물과 썰물을 만들어
내 사랑
난 잔잔한 물이고
당신이 달이야

당신에게 맞는 사람은
당신의 길을 방해하는 사람이 아니야
당신이 앞으로 나아가도록
길을 내주는 사람이야

당신이

충만하고

내가 충만할 때

우린 두 개의 태양이 되지

당신의 목소리는 나에게
가을이 나무에게 하는 일을 하지
당신이 안녕이라 말하면
내 옷들이 자연스럽게 떨어지거든

함께 있으면 우린 끝없는 대화야

죽음이
내 손을 잡으면
다른 손으로 당신을 붙잡아서는
약속할 거야
내 모든 생애마다 당신을 찾아내겠다고

— 약속

마치 누군가

얼음 조각들을

내 셔츠 뒤로 밀어 넣는 것 같아

— 오르가슴

당신은
이전에도
내 안에
다녀갔어

— 또 다른 생애

신이 당신과 나를
한 반죽에서 만들어냈나 봐
구이판에선 한 덩이로 밀다가
갑자기 깨닫게 된 거지
한 사람에게 이렇게나 많은 마법을 불어넣으면
너무 불공평하겠구나 하고
그래서 안타깝게도 반죽을 둘로 나눈 거야
그렇지 않고서야
내가 거울을 보면
당신이 보이고
당신이 숨을 쉬면
내 폐가 공기로 가득 찰 수 있을까
우린 이제 막 만났는데도
서로의 생애를 다 알고 지내올 수 있었을까
처음부터 하나가 아니었다면 말이야

— 우리의 영혼은 거울이다

몸 하나에 달린

두 다리가

되는 것

— 관계

당신 심장은

틀림없이

꿀이 가득한 벌집일 거야

그렇지 않고서야

남자가

이렇게 달콤할 수 있을까

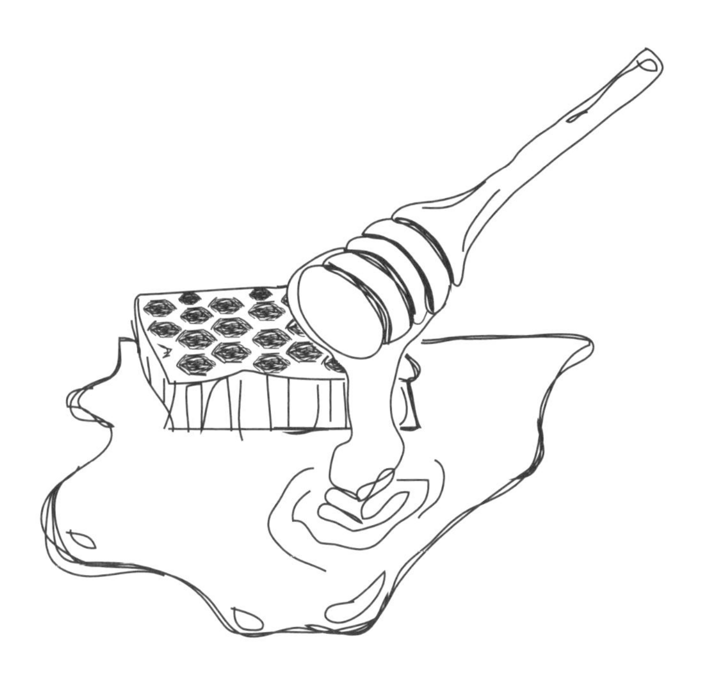

당신이 여기서 더 아름다워지면
태양도 제자리를 떠나서
당신에게 오겠지

— 쫓아다니기

그 해는 내 인생에서 가장 위대하면서도 가장 힘든 시간들이었다. 모든 것이 일시적이란 것을 배웠다. 순간도, 감정도, 사람도, 꽃들도. 사랑은 나눠주는 일이란 걸 배웠다. 모든 것을. 그리고 사랑의 상처를 그냥 받아들여야 한다는 것을. 약점을 드러내는 게 언제나 옳다는 것도 배웠다. 이 세상에선 부드러운 채로 남아 있기보단 차갑게 구는 게 쉽기 때문이다. 모든 건 쌍으로 존재한다는 것도 배웠다. 삶과 죽음. 고통과 기쁨. 소금과 설탕. 나와 당신. 그것이 우주의 균형이다. 정말 심하게 아팠지만 삶이 즐거운 한 해이기도 했다. 낯선 이들과 친구가 되기도 하고. 친구였던 이들과 낯설어지기도 했다. 민트초코칩 아이스크림이 거의 모든 문제를 해결해준다는 것을 배웠다. 그걸로 안 될 때에는 언제나 엄마 품이 있다. 우린 따뜻한 에너지에 집중하는 법을 배워야 한다. 언제나. 그 에너지에 두 팔을 흠뻑 적시면 세상에게 더 좋은 연인이 될 수 있다. 서로에게 친절하게 대하는 법을 배울 수 없다면 우리 자신의 가장 취약한 부분을 어떻게 친절하게 대할 수 있겠는가.

blooming

꽃핌

우주가 당신에게 온 시간을 들여
다른 모든 이들과 어딘가는 다른 모습으로
당신을 빚어 세상에 내어놓았다
당신이 어떻게 창조되었는지
의심한다면
당신은 우리 둘보다 더 위대한 에너지를 의심하는 것이다

— **대체될 수 없는**

최초의 여자가 최초의 남자를 들이기 위해
다리를 벌렸을 때
그는 무엇을 보았을까
그녀가 그를 복도 따라 인도하여
신성한 방으로 향했을 때
무엇이 기다리며 앉아 있었을까
무엇이 그를 그렇게 흔들어
모든 자신감이 부서지도록 했을까
그때부터
최초의 남자는
최초의 여자를
매일 밤낮으로 감시했다
그녀를 가두기 위해 우리를 지었다
그녀가 더 이상 죄를 짓지 못하도록
그녀의 책에 불을 지르고
저녁이 될 때까지
그녀를 마녀라 부르고
창녀라고 소리쳤다
피로한 눈이 그를 배신하여
자기도 모르게 잠이 들자
최초의 여자는 알아차렸다
조용한 콧노래가
북 치는 소리가

다리 사이에서 문 두드리는 소리가
초인종 소리가
목소리가
박동이
그녀에게 열어달라고 부탁하는 것을
그녀의 손이
복도를 지나
신성한 방으로 달려갔다
그녀가 찾은 건
신이
마법사의 지팡이가
뱀의 혀가
웃으며 앉아 있는 것이었다

— 최초의 여자가 손가락으로 마법을 부렸을 때

더 이상은
내 길을 남들과 비교하지 않겠어

— 내 인생에 폐 끼치기를 거부한다

나는 모든 조상들이 모여 이 이야기들이 전해져야 한다고 결정함으로써 탄생했다

많은 사람들이 나를 붙잡으려 했지만
실패했지
나는 유령 중의 유령
어디에나 있고 어디에도 없어
나는 누구도 비밀을 알아채지 못한
마술 속에 도사리는
마술 속의 마술
나는 해와 달 안에 접혀진
세상 속에 감싸여 있는 세상
시도해볼 수는 있겠지만
나한테 손도 댈 수 없을걸

내가 태어날 때

엄마는 말씀하셨다

네 안에 신이 계셔

그녀가 춤추는 걸 느낄 수 있니

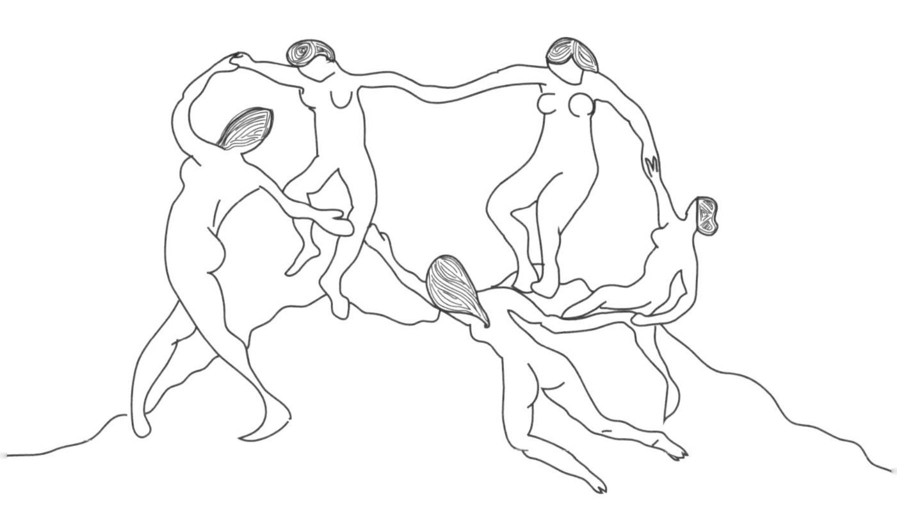

앙리 마티스(henri matisse)의 〈춤〉에 바침

세 딸의 아버지로서
우리에게 결혼하라고 압박하는 것은
평범한 일이었을 것이다
수백 년 동안 우리 문화권의 여자들에게
삶의 이야기는 그런 식이었다
하지만 아버지는 대신 교육을 강조하셨다
우리를 가두려는 세상에서
교육이 우리를 자유롭게 해주리라는 걸 아셨다
우리가 독립적으로 걷는 법을
반드시 배우도록 하셨다

여기에 정말 많은 입들이 있지만
당신이 주는 것을
받을 자격이 있는 입은 많지 않다
소수의 사람에게만 당신 자신을 내어주고
대신 그 소수에게는
마음껏 주어라

— 올바른 사람들에게 투자하라

나는 흙으로 만들어졌고
언젠가 흙으로 다시 돌아가겠지
삶과 죽음은 오랜 벗들이고
난 그들이 나누는 대화다
그들의 밤늦은 수다이고
그들의 웃음과 눈물이다
내가 그들이 서로에게 주는 선물이라면
두려울 것이 뭐가 있겠는가
어차피 이곳이 내 소유였던 적은 없다
언제나 난 그들의 소유였다

미워하는 것은
쉽고 게으른 일이다
하지만 사랑하는 것은
모두가 가지고는 있지만
모든 사람이
기꺼이 발휘하지는 않는
강인함을 필요로 한다

아름다운 갈색 소녀여
너의 두꺼운 머리카락은 모두가 갖지는 못하는 밍크코트 같구나
아름다운 갈색 소녀여
넌 기미를 몹시 싫어하지만
네 피부는 어쩔 수 없이
가능한 한 많은 태양을 담아낸단다
넌 빛을 당기는 자석인걸
일자눈썹 — 두 세상의 연결다리고
음부 — 네 몸의 다른 곳보다 색이 더 어둡지
금광을 숨기려 하기 때문이야
다크서클을 너무 일찍 가지게 될 거야
— 그건 너의 후광이니 소중하게 생각하렴
아름다운 갈색 소녀여
넌 그들의 배 속에서 신을 끌어내지

당신의 몸을 내려다보고

속삭여봐

너만 한 집은 없구나

— **고마워**

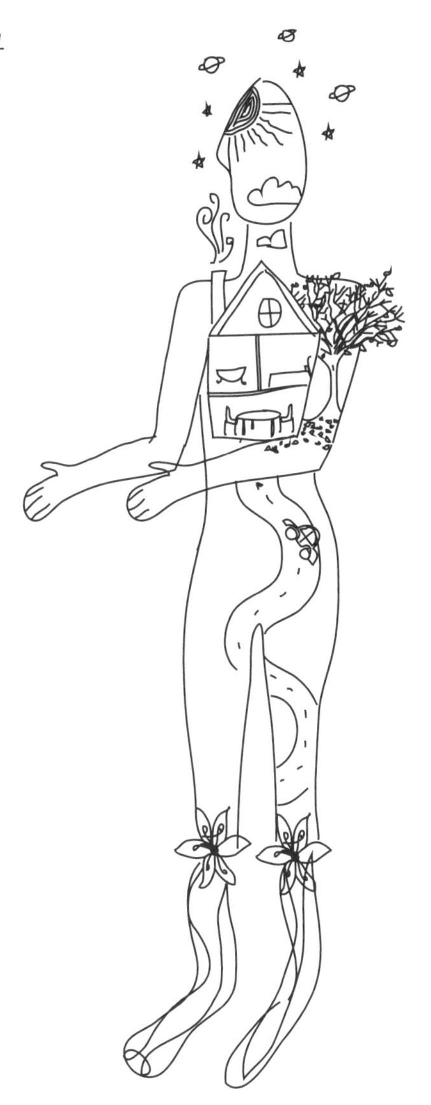

은혜란

다른 이의 축복을

질투하지 않는 법을 배우는 것이다

나는 우리 가문에서 선택의 자유를 가진 첫 번째 여성이다. 어떤 길이든 내가 선택한 대로 미래를 빚어낸다. 내가 원할 때 내 마음속에 있는 걸 말한다. 그럼에도 채찍질당하지 않는다. 내가 최초라는 것에 감사한 일이 수백 가지다. 나의 어머니와 그녀의 어머니와 또 그녀의 어머니는 가지지 못했던 특권이다. 얼마나 큰 영광인가. 가족 중에서 자신의 욕망을 맛본 최초의 여자라는 게. 이 생애를 가득 채우는 일에 굶주린 것은 당연하다. 앞선 세대의 몫까지 먹어야 한다. 할머니들은 웃으면서 아우성칠 것이다. 사후 세계에서 진흙난로에 모여서 말이다. 따뜻한 김이 피어오르는 밀크 마살라 차이를 마시면서. 당신네 후손이 이렇게 대담하게 사는 걸 보면 얼마나 신날까.

암리타 쉐어길(amrita sher-gil)의 〈마을 풍경〉에 바침

당신의 몸을 믿으라
마음보다 옳고 그름에
더 잘 알고 반응할 테니

— 몸이 너에게 말하고 있다

나는 앞서 살았던
수백만 여성들의
희생을 딛고 서서
생각한다
내가 어떻게 하면
이 산을 더 높게 만들어서
나 이후에 살 여성들이
더 멀리 보게 할 수 있을까

— **유산**

내가 이곳을 떠나면
결혼식 때 하듯이
현관을 화관으로 장식해주렴 얘야
사람들을 집에서 데리고 나와
거리에서 춤을 추렴
입장을 기다리는 신부처럼
죽음이 도착하거든
내가 가진 가장 밝은 옷을 입혀서 보내줘
손님들에겐 장미 꽃잎을 뿌린 아이스크림을 내어드리렴
울 이유는 전혀 없단다 얘야
나는 평생 이렇게나 큰 아름다움이
내 숨을 거두어가길
기다렸어
내가 떠나면
축하 행사가 되게 해줘
난 여기에 있었고
삶을 살았으며
인생이라는 게임에서 승리했으니

— **장례식**

다른 사람들에게서 집 찾는 것을 멈추고
내 안에서 집의 기초를 일으켜 세웠을 때였다
온전한 하나를 이루기로 결심한
몸과 마음 사이에
가장 끈끈한 근간이 있다는 것을 발견했다

나를 먹여준 사람들의
접시를 채우지 않고
낯선 이들의 접시만 채우고 있다면
나는 무슨 소용인가

— 가족

따로 떨어졌지만
결국 다시 만날 것이다
연인을 떼어놓을 수는 없다
눈썹을 아무리
뽑고 잡아당겨도
내 눈썹은 항상
서로에게 돌아가는
길을 찾아낸다

— **일자눈썹**

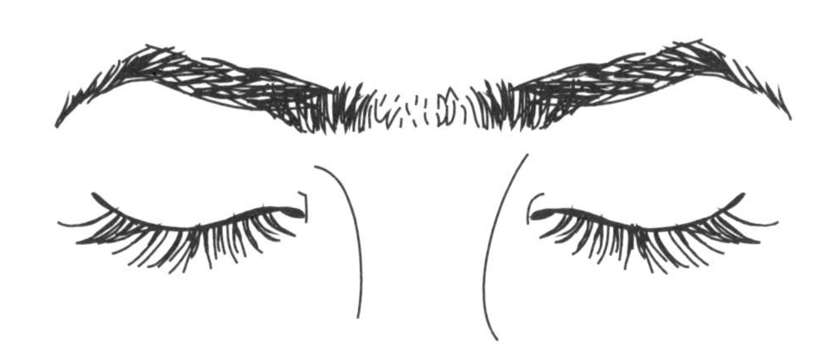

아이와 노인이 테이블에 서로 마주하고 앉아 있다
우유 한 잔과 차 한 잔이 앞에 놓여 있다
노인이 아이에게 물었다
사는 게 즐거우냐고
아이가 대답했다 그렇다고
사는 건 즐거운데
빨리 어른이 돼서
어른들이 하는 일을 하고 싶다고
그리고 아이는 노인에게 똑같은 질문을 했다
노인도 대답한다 즐겁게 살았지만
움직이고 꿈꾸는 게 가능했던
젊은 시절로 돌아갈 수만 있다면 뭐든 하겠다고
두 사람 모두 잔을 들어 한 모금씩 마셨다
하지만 아이의 우유는 응어리졌고
노인의 차는 맛이 써졌다
두 사람의 눈에서 눈물이 흐르고 있었다

당신이 모든 것을 가지게 되는 날
기억하기 바란다
아무것도 없었던 시절을

그녀는 포르노에 나오는 여성이 아니다
당신이 금요일 밤에
찾는 종류의 여성도 아니다
그녀는 의존적이지도 쉽지도 약하지도 않다

— 여성을 유형화해서 농담거리로 삼지 마

물에 떠 있는 수련 잎이 되고 싶다

완벽해지기 위해
변화하고 또 변화했어
하지만 이제 충분히 아름답다고 느꼈을 때
아름다움의 정의가
갑자기 바뀌었어

만약 결승선도 없는데
따라잡으려고 노력하다가
내가 갖고 태어난 선물들을 잃어버리면 어떡하지
스스로도 확신이 없어서
기준이 바뀌곤 하는 아름다움을 위해서 말이야

— 그들이 파는 거짓말

마치 자궁과 가슴에서
영양분을 받은 적 없는 사람처럼
당신은 피와 모유를
안 보이게 치워두려 한다

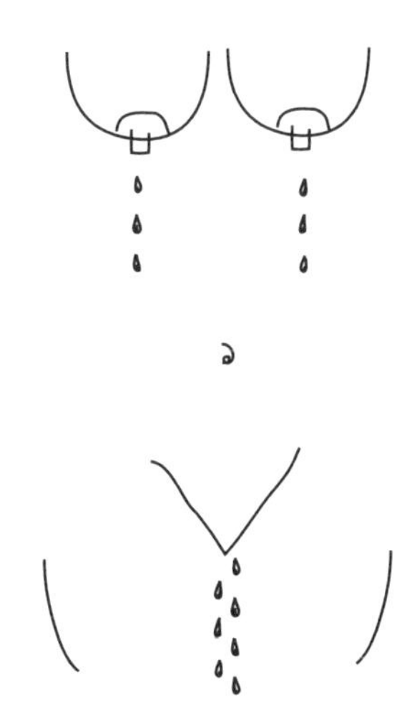

우리 스스로 충분히 아름답다고 믿는다면
1조 달러짜리 산업이 금세 무너질 것이다

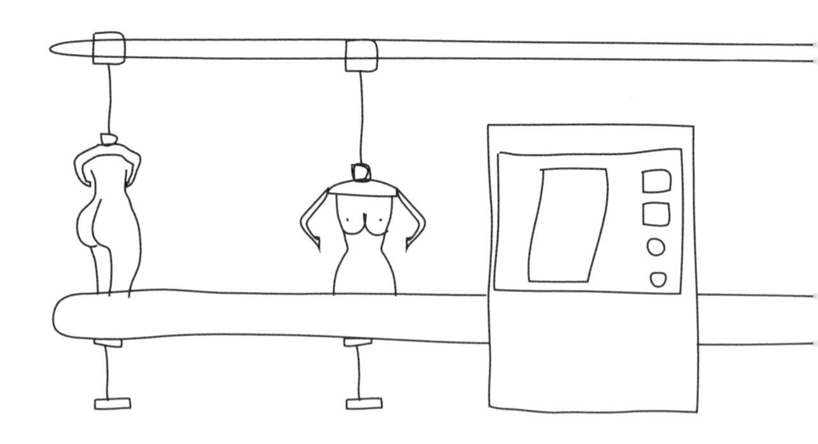

그들이 가진 미의 개념은
공장에서 대량생산된 것이다
나는 제조되지 않았다

— **인간**

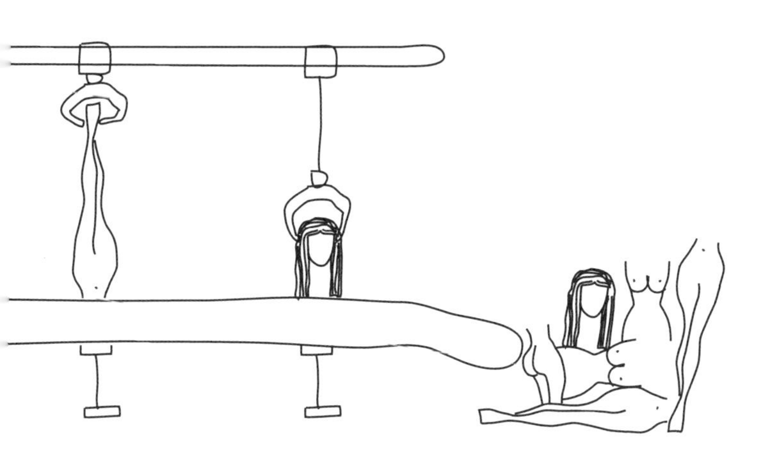

당신이 잘해내는 걸 볼 때
드는 질투심을 어떻게 떨쳐낼 수 있을까
자매여 당신의 성공이 나의 실패가 아니란 걸 알 만큼
충분히 나를 사랑하려면 어떻게 해야 할까

— 우린 서로의 경쟁상대가 아니다

피부가 땅의 색을 닮은 건
축복이야
꽃들이 나를 집으로 착각할 때가
얼마나 자주 있는지 아니

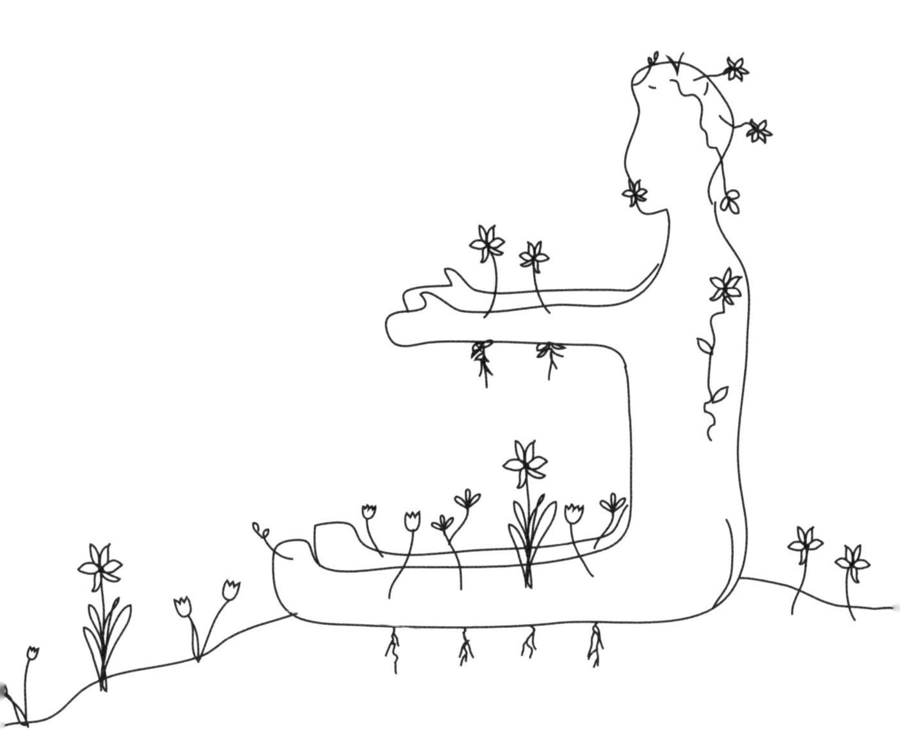

우리에겐 더 많은 사랑이 필요하다
남자의 사랑이 아니라
우리 자신과
서로의 사랑 말이다

— **치료제**

당신은 거울이다
당신이 계속 사랑에 목말라하면
당신을 목마르게 할 사람만 만날 것이다
스스로 사랑에 흠뻑 적시면
온 우주도 당신을
사랑해줄 사람들을 보내줄 것이다

— 간단한 산수

그녀가 옷을

많이 입었든

조금 입었든

그녀의 자유와는 아무런 관련이 없다

— 덮음 | 덮지 않음

우리 발밑에선
제자리에 묶여 있을 수 없는
산들이 자란다
우리가 여태껏 견뎌낸 것들을 통해
우리는 준비가 되었다
당신의 망치와 주먹을 가져오라
우리가 부숴야 할 유리천장이 있다

— **이곳의 지붕을 없애버리자**

우리를 자매로 만드는 건 피와 관계가 없어
네가 내 마음을
네 몸 속에 지니고 있다는 듯이
날 이해해준다는 게 중요한 거야

여자가 배워야 하는 가장 중요한 가르침은 무엇일까

태어난 첫날부터
그녀는 이미 자신 안에 필요한 모든 것을 가지고 있다
단지 세상이 그렇지 않다고 그녀를 설득했을 뿐

사람들 때문에
나보다 어린 여자애들이 내 자리를 뺏으려면
몇 년 안 남았다고 믿게 됐어
남자들은 나이 들수록 힘이 더 생기지만
여자들은 나이 들수록 잊히기라도 한다는 듯이
거짓말 따위 맘껏 하라고 해
난 이제 막 시작했어
난 이제 막 자궁에서 나온 것 같은걸
이십대는 겨우 몸풀기야
정말 하려고 하는 것들은
삼십대가 되어서 시작하지
내 속에 있는 되바라진, 거친, 여성을
이보다 잘 소개할 순 없을 거야
파티가 시작하지도 않았는데 어떻게 떠나
리허설은 사십대에 시작해
난 나이 들수록 성숙해져
유통기한 같은 건 없어
자 이제
본 무대 차례야
커튼은 오십대에 올라가지
쇼를 시작해보자

— **영원함**

치료하려면

상처의

뿌리로

내려가서

올라오는 내내 키스해줘야 해

그들은 우리를 구덩이에 몰아넣고 서로 싸우게 했어
자기들이 직접 하지 않으려고 말이야
너무나 오랫동안 공간이 부족해서
살아남기 위해서는 서로를 잡아먹어야 했어
우릴 내려다보는 그들을 보려면
높이 높이 더 높이 올려다봐야 해
왜 우리가 서로 경쟁해야 하지
진짜 괴물은 너무 커서
혼자 해치울 수도 없는데 말이야

내 배 속에서 딸이 자라게 되면

이렇게 말해줄 거야

넌 이미 세상을 바꾸었다고

레드카펫을 깔고 내 몸에서 걸어 나올 거라고

자신이 마음먹은

어떤 일도 해낼 수 있는 지식을

모두 갖추고서 말이야

레몽 두이예(raymond douillet)의 〈짧은 여행과 이별〉에 바침

지금은
조용히 있을
때가 아니다
우리 자리도 없는데
당신에게 자리를 내줄 때도 아니다
지금은
우리가
최대한 시끄럽게
떠들어야 할 때다
우리의 목소리가 들리도록

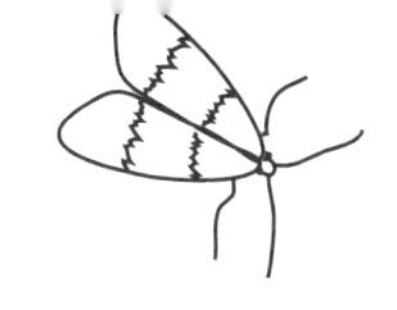

대표되는 건
매우 중요하다
그렇지 않으면
나방 떼에 둘러싸인 나비는
자신의 모습을 보지 못하고
나방이 되려고 노력할 것이다

— 대표

칭찬을 받아들여라

당신이 가질 만한 것을

다시는 수줍게 피하지 마라

우리가 할 일은
다음 세대의 여성들이
모든 영역에서 우리보다 앞서도록
무장시키는 것이다
이것이 우리가 남길 유산이다

— 전진

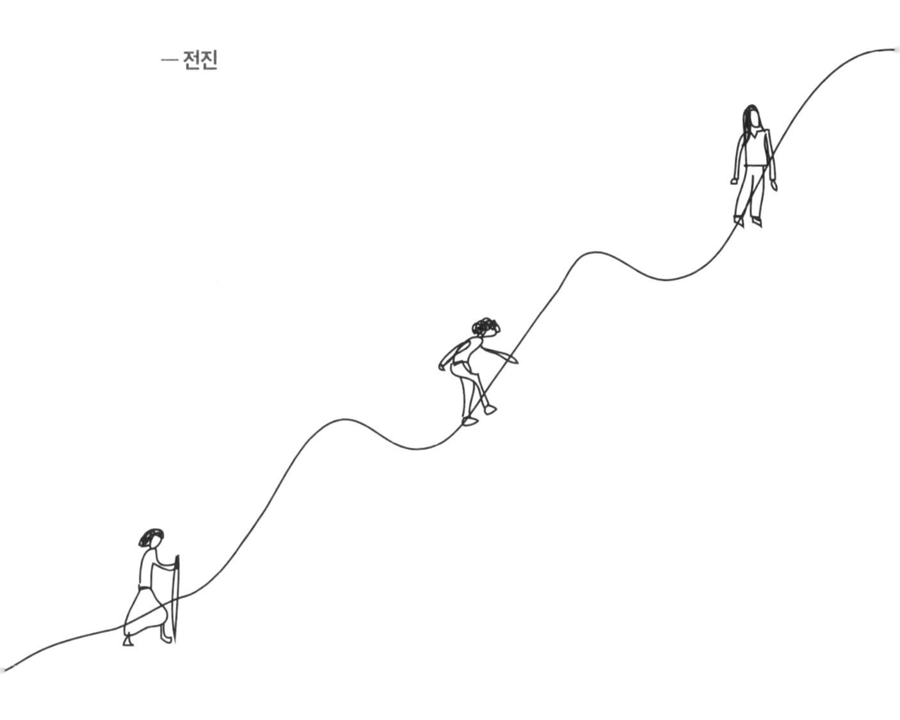

세상을 변화시키는 길은

끝이 없다

— 페이스를 조절하라

너를 보호하고 싶은 마음이 나를 압도해
너를 너무나 사랑해서
네가 울고 있을 때 조용히 있을 수 없었어
키스로 네게서 독을 제거하는 나를 지켜봐줘
피로한 다리가 내미는
유혹을 견뎌내고
계속 앞으로 나아갈 거야
한 손에는 내일을 들고
다른 한 손에는 주먹을 들고
널 자유에 이르도록 데려갈 거야

— 세상에 보내는 러브레터

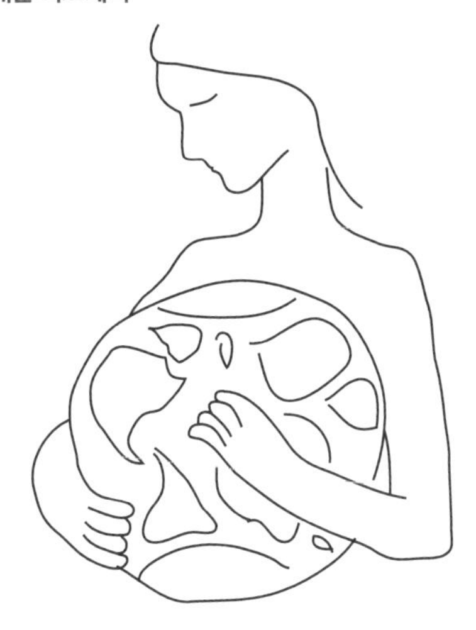

나 같은 야수를 본 적 있니
난 뽕나무의 척추를 가지고 있어
목은 해바라기 같지
가끔은 사막 같고
가끔은 우림 같지만
나는 늘 야생이야
내 배는 바지 허리에서 넘쳐 나와
털 가닥들은 생명선처럼 곱슬곱슬해
이렇게 달콤한 반란이 되기까지
정말 오랜 시간이 걸렸어
과거에는 내 뿌리에 물 주기를 거부했지만
이제는 알았어
오직 나만
광야가 될 수 있다면
내가 광야가 되겠어
나무 기둥은 가지가 될 수 없고
정글은 정원이 될 수 없는데
나라고 왜 그래야 하지

— 내 속은 너무나 충만해

많은 사람들이

금잔화와 내 피부를

분간하지 못해

둘 다 오렌지색 태양이야

빛을 사랑하지 못하는 이들의 눈을 멀게 하지

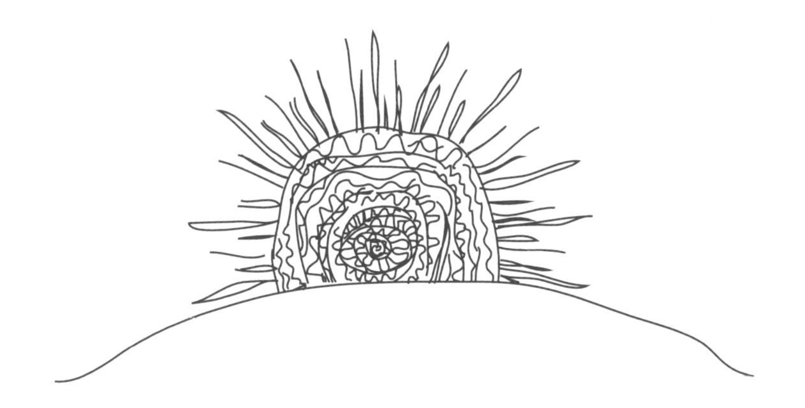

핍박받는 이들과
함께 싸워본 적이 없다면
아직 시간이 있다

— 그들을 일으키라

한 해가 지났다. 거실 카펫 위에 지난 365일을 펼쳐놓는다.

이달엔 내 꿈에 깊이 바쳐지지 않는 것들은 모두 떨쳐내기로 했다. 이날엔 자기연민의 희생자가 되기를 거부했다. 이 주엔 정원에서 잠들었고. 봄에는 자기 부정을 목까지 뽑아냈다. 너의 친절함은 걸어놓고. 달력은 내렸다. 이 주에는 너무 열심히 춤을 춰서 심장이 다시 물 위에 뜨기 시작했다. 여름에는 벽에서 거울을 모두 떼어냈다. 현존하는 느낌을 받기 위해 더 이상 내 자신을 들여다보지 않아도 됐다. 무겁게 느껴지던 것들도 머리에서 빗어냈다.

좋았던 날들은 접어서 뒷주머니에 넣어 잘 보관한다. 성냥을 꺼내어. 불필요한 것들을 불태웠다. 불꽃이 내 발가락을 따뜻하게 해준다. 1월을 맞이하여 몸을 깨끗하게 하기 위해 몸에 따뜻한 물을 붓는다. 다시 시작이다. 더 강하고 더 현명하게 새로운 해를 향해 나아가자.

걱정할 것이

아무것도

남지 않았다

해와 그녀를 바라보는 해바라기들이 여기에 있으니

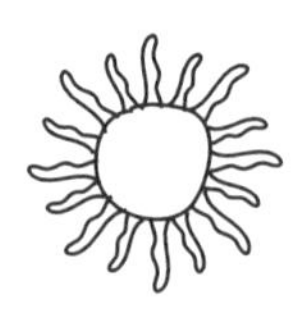

숨 쉬는 것처럼 간단한 일조차 당신을 지치게 만드는 날이 있다. 이번 생애는 포기하는 것이 더 쉬워 보이기도 한다. 사라져 버린다는 생각이 평화를 가져다준다. 너무나 오랫동안 해가 없는 곳에 있었다. 꽃도 자라지 않는 곳에. 하지만 가끔씩 어둠 속에서 내가 사랑하는 것이 나타나 나를 삶에 다시 데려온다. 별이 빛나는 하늘을 보고. 오랜 친구들과 함께 웃고. 한 독자가 내 시가 자기를 살렸다고 말해주었다. 하지만 나 역시 나 자신을 살려내기 위해 분투하고 있다. 사랑하는 사람들아. 산다는 건 어렵다. 모두가 어려워한다. 삶이 바늘구멍을 통과해 기어가는 것처럼 느껴지는 순간도 있다. 나쁜 기억들에 굴복하고 싶은 충동을 이겨내야 한다. 몇 달간 몇 년간 계속되는 괴로움에 굴복하길 거부해야 한다. 우리의 눈은 이 세상을 즐기기를 고대하고 있으니까. 청록색의 바다가 우리가 뛰어들기를 기다리고 있으니까. 가족이 있으니까. 혈연이든 우리가 선택했든. 사랑에 빠질 수도 있으니까. 사람이든 장소든. 달까지 뻗은 언덕들. 새로운 세상으로 들어가는 골짜기들. 로드 트립이 있으니까. 우리가 이 세상의 주인이 아님을 받아들여야 한다. 우린 이 세상의 방문객일 뿐이다. 손님이니까 정원에 온 것처럼 이곳을 즐기자. 부드러운 손길로 이 세상을 다루자. 우리 뒤에 오는 이들도 이 세상을 경험할 수 있도록. 우리만의 태양을 찾자. 우리만의 꽃들을 키우고. 우주는 우리에게 빛과 씨앗을 가져다주었다. 가끔은 들리지 않을 수도 있지만 언제나 음악이 켜져 있다. 단지 소리를 더 키우면 되는 것이다. 허파에 숨이 있는 한 — 우리는 춤추기를 계속해야 한다.

《해와 해바라기》는

슬픔과

자포자기

뿌리를 존중하는 것과

사랑

그리고 스스로에게 자율권을 주는 것에 대한

시집이다.

이 시집은

시듦, 떨어짐, 뿌리내림, 싹틈, 꽃핌

다섯 가지 목차로 구성되어 있다.

— 책에 관하여